Steve Stitches · Flirt mit Judith

AF286147

In diesem Buch finden Sie so gewöhnliche Dinge wie zum Beispiel eine *Morgenlatte*, aber auch ungewöhnliches wie einen *Bumsengel*. Sie begegnen alltäglichen Gestalten wie einer *Verführerin* und einer *Pathologin*. Im Kapitel *Geschichten* erfahren Sie die Normalität im *Hexenwahn*, im Krieg *(die weiße Fahne)* und einer *Arschbombe*. Steve Stitches schickt ungewöhnlich reizvolle Freundinnen zu gewöhnlichen Lesungen, bei denen sie seine weiblichen Texte unter dem Pseudonym *Steffi Stitches* vortragen. Im letzten Kapitel präsentiert der Autor sein Leben in einer chronologischen Zusammenstellung. Darin beschreibt er seine Erfahrungen mit wilden Tieren *(schlafender Tiger, der Bär)*, Drogen und einem *Nahtoderlebnis*. Wie Sie sehen, ein ganz normales Buch über Liebe und Sex, Gewalt und Tod.

Wenn Sie mehr über den Autor erfahren wollen:
www.steve-stitches.de

Steve Stitches

Flirt mit Judith

Bibliografische Information der Deutschen Nationalbibliothek:
Die Deutsche Nationalbibliothek verzeichnet diese Publikation
In der Deutschen Nationalbibliografie; detaillierte bibliografische
Daten sind im Internet über
< http://dnb.d-nb.de > abrufbar.

2008 Steve Stitches
Satz und Layout: Buch&media GmbH, München
Umschlaggestaltung: Kay Fretwurst, Spreeau
Herstellung und Verlag Books on Demand GmbH, Norderstedt
Printed in Germany
ISBN 978-3-8334-8965-5

ich danke allen Frauen
die mir halfen
mich zu entspannen

INHALTSVERZEICHNIS

I Gewöhnliches

KOMM, ERZÄHL MIR WAS

Komm, erzähl mir was,
ich hab auch ein paar
Storys auf Lager,
ich mal sie dir aus
in Pastell- oder LSD-Tönen.
Ich übertreibe hart am Realismus,
Märchen mit Bodenhaftung,
Kriminal- oder Bettgeschichten:
Von dem Typen mit den Glasaugen,
der dadurch mehr sah,
als ihm lieb war.
Die Schwalbe, die ihre Freier
mit ihren Silikonbrüsten
ausknockt und abzieht.
Der Barmann, der die Drinks
mit seinem Dödel aufschäumt
und die anderen Fakes.
Vielleicht fällt dir auch was ein
und wir schieben uns die Kugeln hin und her.
Wir lachen und sind Freunde
bis zum Morgengrauen.
Wahrscheinlich kommen wir uns
ziemlich nahe.
Aber nie nah genug, um dir zu verraten,
dass die meisten dieser Geschichten
wirklich so passiert sind.

AUF AUF

Der Wecker krakeelt.
Eine flinke Hand
windet sich durch die Dunkelheit,
vorbei an meinem schlappen Körper,
gibt ihm das Aus,
erschlafft.
Ich zwänge ein Augenlid auf,
zwinkre durch meinen Tran
entziffre eine 5.31.
Das Auge schließt sich wieder,
den Träumen hinterher.
Draußen raunt ein Tief ums Haus,
peitscht und klatscht
an alle Fenster.
Kälte belagert uns,
vergrabe mich tiefer in den Daunen.
Was steht an?
Müde schieben sich die Gedanken:
Der grimmige Chef
und die gereizten Kollegen warten.
Schleifen, den ganzen Tag schleifen.
Ein Frösteln hat offene Haut erstürmt,
ich streif es mit der Decke ab,
roll mich zusammen wie ein Fötus,
geborgen an ihrer Wärme.
Gute Nacht, liebe Welt.
Ich schalte meine Gedanken wieder
auf Leerlauf
und kuschel
mich enger an
diese wunderschöne
dampfende Muschi.

AUGENPAAR

Ich liebe meine Oma.
Die meisten Verwandten
gruselten sich vor ihr,
aber ich hab sie immer geliebt.
Ich durfte auf ihrem Schoß sitzen,
während sie mir mit ihren Fingerspitzen
durchs Haar kämmte,
erzählte sie die schönsten
und schaurigsten Geschichten.
Aus der Bibel,
aus den Märchenbüchern,
aus ihrem Leben.
Zum Beispiel von diesem Arzt,
der sie im Krieg behandelte,
über dessen Hände
der aufgeplatzte Dotter
ihrer Augen lief.
Seither scheuen die Leute,
wenn sie mit diesen Löchern im Kopf
durch die Stadt geht.
Sie bekam Augenprothesen,
aber sie verträgt oder mag
diese Dinger nicht.
Ich wollte damals als Kind
die Porzellankugeln anschauen,
sie hat sie mir geschenkt.
So wurde ich zum Star
auf dem Schulhof,
heute noch
kann ich damit
die Leute erschrecken.

In meiner Kindheit
war ich täglich bei ihr,
als Jugendlicher
ein paar Mal die Woche,
jetzt zumindest einmal pro Monat.
Es ist ein komisches Bild,
ein erwachsener Mann,
sitzend, mit geschlossenen Augen,
während ihm ein altes Mütterchen
die Haare zerzaust,
aus ihrem überreichen Fundus
schöpft und erzählt.
Oder sie lauscht
mit offenen, schattigen
Augenhöhlen.
Ich flechte ihren Zopf,
spinne meine Storys,
während in der rechten Hosentasche
die schönsten Geschenke
meines Lebens
klackern.

SCHAUMSCHLÄGER

Ernest, er heißt eigentlich Ernesto,
serviert ihm unbestellt seinen Drink.
Der Barmann weiß
was sein Kunde will,
sie kennen sich schon eine Weile.
Der weißhaarige Trinker
benannte ihn nach Hemingway,
der auch so eine Barfliege war.
Sie reden ein paar Worte,
nie zu viel,
das macht die Sache für beide angenehm.
Der Alte trinkt hier sein Quantum
und daheim den Rest,
so ist er ein erträglicher Gast.
Es gibt immer welche, die nerven,
die zu viel von allem haben,
zu viele Drinks, zu viele Sprüche,
zu viele Ansprüche,
Männer und Frauen.
Denen mixt er gerne einen Spezialdrink,
so einen mit Schaum dabei.
Hinten in der Küche
Hält er den Dödel rein,
schäumt das Ganze richtig auf,
ein Künstler durch und durch.
Die wissen solide Arbeit nicht zu schätzen,
schlürfen alles in sich rein.
Die sind so oberflächlich,
die übersehen sogar ein
Sackhaar.

KEIN GEDICHT

Ich möchte immer mit ihr schmusen,
denn sie hat so einen prächtigen
Mund.
Aber kuscheln will sie nur in Maßen,
nie will sie mir einen
Kuchen backen.
Sie will immer nur shoppen,
ich würde aber lieber mit ihr
reden.
Oft wird sie zur üblen Zicke,
nur weil ich mit anderen Frauen
ein Bier trinken gehe.

ENTZUG

Er kann nicht schlafen,
sein Bett ist zu leer.
Er läuft in der Wohnung herum,
sie ist zu kalt,
sie ist ihm zu groß geworden.
Er muss raus,
er braucht andere Luft,
er muss laufen,
einfach los,
dieses blöde Gefühl
heraus rennen.
Aber irgendwann
steht er vor ihrem Elternhaus.
Sollen die ihre Launen ertragen,
hier kann sie wieder
die verwöhnte Tochter spielen.
Er ist sich sicher,
die beiden waren auch froh
sie los zu sein.
Wie ihre Eltern ihn absichtlich missachteten
als er sie zurückbrachte,
mit all ihrem Plunder
und ihrem Hund,
der sowieso mehr Streicheleinheiten
genoss als er.
Jetzt spürt er es,
er muss weiter.

Zu Hause duscht er sich ab,
er kann das Wasser so heiß drehen
wie er will,
es ist nie so warm wie ihr Körper.
Er trocknet sich ab,
aber das Handtuch
ist nicht so weich wie ihre Haut.
Er sucht herum
wie ein streunender Hund,
sucht irgendwas
das ihren Duft enthält,
ein Kissen, einen Kamm,
ein Handtuch.
Er streichelt sich damit,
aber gegen ihre Zärtlichkeit
ist es viel zu rau.
Er knallt es in die Ecke,
er kann auch ohne.
Er verkriecht sich ins Bett
lauscht der stillen Wohnung,
die von ihrem Lachen so erfüllt war.
Endlich hat er das Bad
wieder für sich alleine,
leider die Badewanne auch.

VERMISSE DICH

in den Wolken
in Rauchschwaden
in der Gischt
im Badeschaum
in den Strudeln des Flusses
in den wogenden Ähren der Felder
im aufquellenden Milchstrudel
meines Kaffees
überall
dein Gesicht
aber
die Erinnerung
ist nie
genug

INITIATION

In der Nacht, in der es geschah,
sprach das Mädchen:
»Danke, dass du bei mir bist.«
Sie entkleidete sich:
»Dies ist mein Leib,
den ich dir geben will,
nimm mich,
als Zeichen unserer Liebe.«
Nach der Vereinigung
nahm sie das Laken
und sprach:
»Dieses Laken
zeigt unseren Bund,
mein Blut,
das ich für dich vergossen habe,
als Zeichen unserer Liebe.«

(Er konnte sie nie vergessen)

AM BODEN

Irgendwann
erwischt auch den
Härtesten dieses Gefühl.
Es kommt aus einem Satz
deiner Frau, deiner Freundin,
deines besten Freundes oder Kollegen.
Oft enthält es Abschied, Verachtung,
oder Verrat.
Es trifft
den Verstand,
die Magengrube,
es geht tief rein,
wie ein Schwert,
von einem Meister geführt.
Da bricht alles:
dein Herz,
dein Zutrauen,
deine Persönlichkeit.
Viele überleben das nicht,
andere werden Alkoholzombies,
ich muss laufen oder schwimmen,
bis zum Zusammenbrechen oder Absaufen.
Plötzlich ist der Wille da,
mit genügend Kraft,
für den Weg
zurück.

EIGENURIN

Wenn du am Boden bist,
trink Eigenurin.
Wenn du dich völlig verlassen fühlst,
trink Eigenurin.
Wenn du so erschöpft bist,
dass du sterben könntest,
trink Eigenurin.
Wenn du zutiefst enttäuscht bist,
trink Eigenurin.
Wenn du so müde bist,
dass du nie wieder aufwachen willst,
trink Eigenurin.
Wenn dir so elend ist,
dass du aufgeben willst,
trink Eigenurin.
Wenn du solche Schmerzen hast,
dass du denkst, du verreckst,
trink Eigenurin.
Ich kenne Leute, die behaupten,
Eigenurin hilft bei allem.
Ich meine,
man muss schon ziemlich am Arsch sein
um Eigenurin zu trinken.

BLOW JOB

Er kommt aus der Dusche,
sie cremt sich ihr Gesicht.
»Er ist frisch poliert,
wie wär's mit oral b?«
Sie zeigt ihm nur den Vogel.
Frustriert beginnt er
mit Dehnübungen.
Nach zwei Monaten
ist er soweit,
er kann sich
zusammenklappen
wie ein Taschenmesser.
Danach
versteht er sie:
So prickelnd
ist es wirklich nicht.

MORGENLATTE

Ich erwach auf meiner Matte,
was seh' ich da: die Morgenlatte.
Von Lust und Geilheit keine Spur,
ich kann es nicht begreifen.
Was will der dralle Ständer nur?
Frau mäkelt: Oh Gott,
du hast schon wieder einen Steifen.
Ich sag: Liebes Weib,
er verlangt nach dir.
Spiel an einem ihrer Nippel.
Ach, lass mich in Ruh.
Sie dreht sich um,
überlässt mich meinem Knüppel.
Nun gut, so hilf dir selbst,
so hilft dir Gott.
Da wird nicht lange diskutiert.
Ich rubbel rum, mir selbst zum Spott,
weil einfach nichts passiert.
Oh Frau, du Hoffnung,
denk an unser zartes Band.
Bitte, zögere nicht
und gib mir eine Hand.
Sie greift nach ihm, zu meinem Segen.
Zu spät, denn er ist eingeschrumpft
und will sich nicht mehr regen.

FLÜCHTIGE BEKANNTSCHAFT

Du trägst Spagettiträger
und ich bin Spagettijäger.
Ich bin Mann und du bist Frau,
schau an, wir passen ganz genau.
Dass wir uns hier trafen,
das kann doch kein Zufall sein.
Willst du mit mir schlafen?
Ich massier vorher dein Bein,
und öl dir den Rücken ein,
tätowier mein Autogramm dazu.
Ach, komm her,
sag einfach *Du*.

HEFEWEIZEN

Das Modell
erklärt ihm:
Ihr Busen
wird dadurch fülliger.
Sie grinst entschuldigend.
Der Terminkalender ist voll,
er kann das Shooting mit
ihr nicht verschieben.
Sie lacht:
Auf den Bildern
ist es ja nicht zu sehen.
Er würde ja gerne mitlachen,
aber es stinkt
und der Sound,
wie ein Pferd.

SAKRILEG

Soll ich dich eincremen?
Sie hat nichts dagegen
und er hat sich nichts dabei gedacht.
Er verteilt die Sonnencreme,
reibt, massiert,
gibt sich alle Mühe,
nie zu kräftig,
sacht und sanft.
Sie genießt,
er auch.
Nichts wird sein,
wie es war.
Vorher waren sie
bloß Freunde,
jetzt ist etwas
zwischen ihnen,
ein Urtier,
das Begehren.
Er klatscht ihr noch lachend
auf den Po,
ein Lachen
wie eine Entschuldigung,
und springt ins Wasser.
Sie lächelt
besänftigend
zu ihrem Freund,
schaut dem im Wasser
heimlich nach.

KAHLSCHLAG

Ausgerissen und entwurzelt,
gerodet durch Intimrasur
stehen Achsel und auch Venushügel
beraubt ihrer kräuselnden Natur.
Wo soll ich schnuppern oder kraulen
was ist geblieben nach der Schur?
Mode – oh, du Fluch der Zeit –
raubst diesen Teil der
Weiblichkeit.
Ach, wie gern
wanderte ich
von den Hügeln
bis zur buschigen Ritz
mit Finger- und auch Zungenspitz.

PSALM ZUR NACHT

Komm zu mir,
erfülle das Verlangen.
Öffne bisher bewahrte Geheimnisse,
die sich nach Erkundung sehnen.
In der Gemeinschaft unserer Leiber
wollen wir uns laben.
Ich will dich leiten,
führe auch du mich an die Quellen
deiner Freude.
Breite dich aus,
verliere dich im Glück
vorbeirauschender Stunden.
Lass dich fallen
in das Traumhafte dieser Wirklichkeit.
Unsere Hände dürfen das erfassen,
das sie begehren,
das uns wohlgefällt.
Unsere Finger sollen Wonnen erzeugen.
Verborgene Schätze
werden sich durch Beben und Zittern
offenbaren.
Aus unseren Lenden
wird ein Jauchzen emporsteigen,
Frohlocken soll uns erfüllen
zum Lobpreis unserer Körper.
Unser Erquicken soll hallen.
Komm zu mir.

WIE TIERE

Disco
sie erwidert seinen Blick
beide lauern was geschieht
pirschen aufeinander zu
umkreisen sich
beschnuppern sich
zeigen Zähne
ziehen einander
zur Tanzfläche
umstreifen einander
greifen nach dem anderen
schmiegen sich an
schieben sich weg
verfolgen sich gegenseitig
raufen sich im Auto
beißen kratzen toben
reißen sich die Kleider
gierig herunter
balgen sich
packen einander
stoßen
brüllen

STADTFRIEDHOF IM FRÜHLING

Ein zentraler, eleganter Park,
umkreist vom Rauschen der Straßen.
Inzwischen
bettet man die Toten andernorts,
am Rand der Stadt.
Unbemerkt wurzeln
Osterglocken und Narzissen
in Schädeln und Beckenknochen.
Keimendes Grün drängt aus der Erde,
die so viel Gebein verbirgt.
Der Frühling streut Farbtupfer
auf den weiten Gottesacker.
Kinder tollen ahnungslos
über ihren Ahnen.
Linden und Kastanien gebären
tausend Blüten und lachen
aus Hunderten von Schnäbeln.
Junge Triebe ranken
um rostige Eisen
und bemooste Steine.
Grabtafeln stehen vereinzelt,
nur wenige noch in Reih und Glied.
Ein Engel, der, statt zu trauern, träumt.
Ein marmorner Helm verziert
mit Taubendreck.
Schriften,
altdeutsch und hebräisch, verwittert
und dennoch voller Bedeutung.
Eichhörnchen huscht
von Baum, zu Stein, zu Baum,
flieht einen witternden Hund.
Spatzen lärmen, bis eine Krähe klagt,
hilflos gegen diese übermütige Schar.

Kirchenglocken schelten den Unfrieden
mit neun Schlägen.
Die Liebenden
liegen noch erschöpft
beieinander,
während die Alten
schon schwer beladen
heimwärts ziehen.
Zahnräder, Felgen, Reifen
surren ihre Melodie,
das Gelb der Postbotin,
zwischen bunten Radlern.
Im Kinderwagen schläft's sich satt.
Landstreicher trifft Penner,
beschwatzen Politik und Nachtquartier,
ihr bittrer Atem aus Rauch und Fusel.
Den Grüften ist's egal,
die kennen auch andere Gerüche.
Deren Skelette würden am liebsten
ausbrechen, sich freigraben,
den anderen helfen,
sich aus ihren Särgen zu schälen.
Um gemeinsam die Knochen zu bleichen,
oder Fußball zu spielen.
Stimmen gehen vorbei:
Deutsch, türkisch, italienisch,
auch ein Paar Asiaten schmunzeln
in die Sonne.
Die meisten aber schlendern stumm,
die Wärme inhalierend.
Ich trompete ins Leben
ein lautes: Hatschi.

II Ungewöhnliches

DIE TOD

»Ich will dich jetzt und hier«,
rief die Tod an meiner Tür.
»Deine Texte sind so schaurig schön,
ich will mich nun an dir vergehen.«
»Wirklich, äh, interessant, Ihr Angebot«,
stotterte ich zu ihr – dem Tod.
Wich zurück bis ans Geländer.
»Aber von deinem Anblick
bekomm ich keinen Ständer!«,
schrie ich in fürchterlicher Not,
wurde davon nicht geiler, sondern nur devot.
»Steve, ich seh, bei solchen Dingen
kann ich es wirklich nicht erzwingen.
Mein Anblick erfüllt dich mit Grauen,
denn du stehst auf dralle Frauen.
Nun, irgendwann mach ich mich dir adrett,
damit du mich lockst – in dein Bett.
Haut werde ich mir überstreifen,
schön fleischgefüllt und du wirst erst begreifen
wenn du unter meinen Massen zuckst,
und mir, der Tod, entgegenruckst.
Erstickt von meinen prallen Brüsten
entschwebst mit mir zu fernen Küsten.
Dort werde ich mich mit dir paaren
und selbst den *süßen Tod* erfahren.«

DER BUMSENGEL

Der Bumsengel ist da.
Alle Glocken läuten
und Herrenchöre jubilieren.
Die Männer stehen Schlange,
selbst Pfarrer in zivil.
Die Polizei ordnet die Reihen
und durfte schon zur Frühschicht ran.
Die frohe Botschaft erreicht
die Armen und die Reichen,
die Jungen und die Alten,
die Nachbarn und die Einsiedler.
Hier sind sie alle gleich
Brüder der Geilheit, vereint Glied an Glied.
Der Blinde trägt den Lahmen,
der Vater führt den Sohn.
Die Frauen haben frei,
lachen und lästern
über den Trieb und seine Herde.
Männerfantasien sind Fleisch geworden,
sie teilt nach Leibeskräften aus.
Ein jeder wird bedient,
ja, alle Wünsche sind bekannt
und Nachschlag gibt es auch.
Doch dann,
nachdem der ganze Saft verschossen
sind alle übersatt,
dass keiner mehr sein Leben lang
nach Frauenbeinen oder Busen schaut.
Und wie die Frauen erst noch höhnten,
so beginnt schon bald ein Klagen:
Mein Mann verweigert seine Pflicht.
Denn jeder Hammel blökt befriedigt:
Hab keine Lust.

NEBENGERÄUSCHE

Ich besuche sie.
Wir trinken Kaffee,
reden,
während aus ihrem Schlafzimmer
gewisse Geräusche zu uns dringen.
Wir reden über die Jobs, Freunde,
nebenan wird nicht geredet,
ihr französisches Bett quietscht.
Wir schämen uns dafür,
das müsste es nicht,
denn es sind nur wir beide.
Ich klimpere beim Rühren
in der Tasse,
es wird übertönt von den
Jahrtausende alten Lauten
der Lust.
Es ist uns beiden peinlich
und es stört unsere Unterhaltung,
aber darauf nehmen Liebende
keine Rücksicht.
Ich geb ihr die Hand zum Abschied,
sie bringt mich zur Tür,
wir ahnen, was wir beide wollen,
aber keiner fasst den Mut.
Draußen werf ich heimlich
einen kurzen Blick in ihr Schlafzimmer,
wir liegen beieinander,
streichelnd.

DAS DING

Meine Frau wird jedes Mal verrückt,
wenn das Ding an die Haustür pocht,
unter ihrem Gemecker
streife ich meine Jacke über und wir ziehen los.
Das Ding ist haarig,
sogar grünhaarig
und stinkt ein bisschen,
keiner kann mir sagen, was es ist.
Es geht mir nur bis zu den Hüften
und bewegt sich hüpfend vorwärts.
Es geht mit mir in Kneipen,
in denen auch nur solche Dinger leben,
der Gestank würde euch umhauen.
Ich lass mir nichts anmerken,
bleibe gelassen und bestell unser Bier,
sonst hätten sie mich schon längst aufgefressen.
Ein Rat: Bestell kein Essen in so einer Spelunke.
Nach der ersten Halbe lebt es auf,
grunzt und quiekt, poltert richtig los.
Wir spielen Dart, Backgammon oder Skat,
es ist ein genauso mieser Spieler wie ich,
hat aber mächtig Freude daran.
Es bemüht sich,
lacht und gluckst wie ein Kind
oder ärgert sich tüchtig, aber nie übertrieben.
Wir reden nicht viel,
unterhalten uns trotzdem prima,
verschwenden Zeit.
so viel es geht.
Daheim hat es auch ein Weibchen,
das immer sauer wird,
wenn es mit so einem
Ding wie mir ausgeht.

ICH TROPFEN

geschleckt
von dir abgeleckt
über die Lippen geführt
über die Zunge geflutscht
tief in den Rachen hinein
aus der Brustspitze gespritzt
am Busen hinab geglitten
geborgen am Nabel
weiter zur Scham
durch die Haare geirrt
den Lippen entlang
vereint mit dem
heißen Tau
der Perle

IN SCHWÜLEN NÄCHTEN

In schwülen Nächten
wenn ich nackt
ohne Decke schlafe,
löst sich meine Haut.
Von den Zehen bis zur Kopfhaut
trennt sie sich von meinem trägen Fleisch
und flattert wie ein Blatt
zur Balkontür hinaus.
Zu dir.
Du erzählst:
In schwülen Nächten
hast du immer diesen Traum.
Eine Haut kommt angeweht
legt sich auf dich.
Du erwachst
und schaust an dir herab,
du bist bedeckt
mit einer Männerhaut.
Haarig, kratzig und rau,
faltig und ausgeleiert
wie ein zu großer, ungewaschener Pullover.
Und doch erschrickst du nicht,
du kennst die alte Haut
und streichelst sie.
Sie schmiegt sich an dich,
wird weich und glatt,
passt sich deinem Körper an,
bis die Haut
die deine ist.

DER TRIP

Ob es bei mir überhaupt wirkt?
Hey Sandy, alles klar?
Ich liebe dich,
lach du nur, aber es stimmt.
Auch die Leute lieben dich,
nein, sie lieben uns, uns beide.
Alle sind gut drauf,
bestimmt hat jeder das Zeug genommen.
Wir sind eine Familie,
ich könnte alle umarmen, das ist geil,
Hey Partypeople, seid ihr gut drauf?
Ja, das tut gut, ja, das wärmt.
Ich muss die Jacke ausziehen,
es ist hier heiß wie im Dschungel
oder wie im Himmel,
ich fühl mich so leicht,
komm, lass uns tanzen, Baby.
Was für ein geiler Sound,
ich bin so happy, so losgelöst,
so frei, ich könnte fliegen,
Babe, ich schwebe um dich,
um mich, um alle.
Siehst du die lachenden Gesichter,
sie sind so glücklich,
wir sind so glücklich.
Aber der Bass, der Bass ist zu fett,
Mensch DJ, dreh runter,
fahr doch keinen
so harten Sound.
Gerade war's perfekt
und jetzt dieses schrille Zeug.
Glotzt doch nicht so blöd.

Warum zischt ihr mich so an?
Hey, cool bleiben.
Ihr braucht mich nicht so anzuschreien,
werdet mal wieder locker.
Was ist denn in euch gefahren?
Mensch, bedrängt mich nicht so,
lasst mich raus,
versperrt mir doch nicht den Weg,
ich bekomm ja keine Luft,
macht endlich den Weg frei,
oder ich hack euch in Stücke.
Hört auf so zu kreischen,
haltet endlich die Fresse.
Ihr seid keine Menschen,
ihr seid Monster.
Ihr wollt mich packen?
Na dann kommt.
Ich brauch was, um mich zu wehren.
Einer Flasche den Bauch abschlagen,
damit schlitz ich euch auf.
Da bist du ja, Sandy,
hab keine Angst, ich beschütze dich.
Still, ich bring dich in Sicherheit.
Leise, du machst sie ganz wild,
Sie haben dich verletzt,
gleich sind wir draußen,
die Luft wird uns beiden gut tun.
Beruhige dich,
Hilfe,
holt doch einen Krankenwagen.
Oh Mann, das sieht böse aus,
wer hat dir das angetan?

BESTATTUNG UND BEGATTUNG

Sie waren alle gekommen
um Abschied zu nehmen.
Insgeheim waren die Männer froh,
er machte immer ihre Frauen an.
Keiner ahnte, wie viele der Gattinnen bedauerten,
auf seine Avancen nicht eingegangen zu sein.
Oft erzählte eine Freundin
von den heimlichen, heftigen Treffen.
In dieser Nacht
träumten viele der Damen von ihm,
diesem muskulösen, sportlichen Teufel,
mit seiner dreisten, lockeren Art.
Da stand er am Bett, nackt und fordernd.
Sein Glied parat,
seine Eichel glänzte im Mondschein.
»Komm doch«, flüsterten sie im Schlaf,
schlugen die Decke zurück,
bereit ihn zu empfangen.
Viele Freunde und Ehemänner
erwachten von den Geräuschen ihrer Frauen.
Geil geworden an deren Bewegungen und Lauten,
nahmen sie an dieser Befruchtung teil.
Zuerst unterhielten sie sich lachend
über die vielen Geburten,
im Bekannten- und Freundeskreis,
neun Monate später.
Beunruhigt wurden sie
von der auffälligen Ähnlichkeit
ihrer Nachkommen.
Da erschraken alle
über denselben Traum.

DAS NASHORN

Ich sah es im Nürnberger Tierpark,
mir kam sein Gehege viel zu klein vor,
aber sie beteuern, das wäre absolut artgerecht,
müssen die besser wissen als ich.
Es stand nur da und träumte
mit offenen Augen von der Savanne.
Leute liefen vorbei und riefen:
»Oh schau mal, ein Nashorn.«
Mit den Händen in den Hosentaschen,
die Kinder sprangen umher.
In freier Natur
hätten sie sich in die Hosen geschissen.
Oder aus einem schnellen Jeep,
aus sicherer Entfernung,
fotografiert oder geballert,
flankiert von schussbereiten Rangern.
Ich denke an Buk,
so, wie sich seine Texte anhören,
war er so weit wie das Rino hier:
saufen, fressen, scheißen, pissen,
poppen, schlafen, saufen.
Mich findet ihr bei den Schimpansen:
Ab und zu sprinte ich noch los,
schwing mich von Seil zu Seil,
schrei ein bisschen in der Gegend rum
und zeig den Leuten meinen
roten, geschwollenen Arsch.
Aber jeder
wird früher oder später
zum Rino.

DER MÜDE SOHN

Er war im Krieg,
zu viel Auge um Auge,
Tod um Tod.
Er kehrt zurück zur Mutter,
sinkt erschöpft in ihren Schoß.
Sie krault sein Haupt,
er ist so müde und erledigt,
sie ahnt, dass er zu kaputt ist
fürs Leben.
Da schrumpft er
zwischen ihren Füßen.
Die Kleider rutschen ihm vom Leib,
er wird so nackt und hilflos,
so klein und zerbrechlich.
Er drängt in ihren Körper,
unter furchtbaren Geburtswehen
zwängt er sich zurück.
Der schreckliche Schmerz lässt erst nach,
als er sich zusammenrollt
und endlich schläft.
Sie fürchtet die Schmerzen.
Sie will ihn nicht noch einmal gebären.
Deshalb nimmt sie ein Bad, Tabletten,
um auch zu schlafen.

AUFGELÖST

Sie beherrschte es
drei Tage lang,
jetzt,
am Grab ihres Mannes,
bricht es wieder aus ihr heraus.
Ihr Klagen
hallt über die Friedhofsmauern.
Der Schmerz krümmt sie
wie eine furchtbare Übelkeit,
zwingt sie in die Knie.
Trauergäste wollen sie vom Boden heben,
doch da
weichen sie erschrocken zurück,
die anderen Dorfbewohner drängen näher,
was geschieht hier?
Sie zergeht vor Schmerz,
sie löst sich auf,
wird mit dem Boden eins,
sie sickert ins Erdreich.
Nur ihre Trauerkleidung bleibt.
Es ist still,
keiner
wagt zu sprechen.
Nun ist sie bei ihm.

WEISSE MÄUSE

Morgens kommen sie aus ihren Löchern,
huschen um Bett oder Sofa,
da, wo er eben liegen geblieben ist.
Sie widern ihn an,
ihre schneeweiße Heerschar,
die roten Ohren, roten Augen, rosa Schwänzchen,
ihr gellendes Pfeifen und Quieken.
Ihr Geschrei wird immer schlimmer,
wenn aus Schrankspalten, Abflussbecken,
aus Flaschen, Gläsern und Tassen
sich die Schlangen zum Brunch winden,
dick, schwarz, lang, glänzend, wie Hochspannungskabel.
Dann stieben die Mäuse auseinander,
kreischend drängen sie sich in die Ecken,
eingekeilt von den Schlangen am Boden
und den Spinnen an den Wänden.
Diese haarigen achtbeinigen Monster
bilden an der Decke und an den Wänden
einen wabernden braunen Teppich.
Viele seilen sich ab,
die meisten aber plumpsen wie Hundescheiße herab,
es beginnt regelrecht zu prasseln.
In Panik sucht er verzweifelt,
aber auch die letzte Pulle ist aufgebraucht.
Er flüchtet aus dem Haus, stolpert die Straße hinunter.
Der wuselnde Teppich
krabbelt und schlängelt sich hinter ihm her.
Da, endlich der Kiosk,
und als es die Kehle hinunter brennt,
ist die Bedrohung abgewehrt.
Endlich sind sie wieder vereint,
er und der Hexenmeister Alkohol,
der die Viecher aus seinem Entzug zaubert.

ORKAN

Er teert den Himmel mit seinen Fahnen,
setzt Zeichen zum Sturm.
Er schickt leichte Reiter voraus,
um zu verkünden: Wappnet euch, rüstet euch,
ich werde alles niederreißen.
Seine Vorhut prescht heran,
reitet durch die Straßen, über die Dächer,
posaunt in die Dachrinnen und Schornsteine:
Der Herr der Winde ist nah.
Da stellt er sich vor die Sonne,
zerwirbelt mit jedem Schritt Felder und Gärten,
schubst Bäume um.
Alles leicht Befestigte rupft er ab,
schleudert es fort.
In seinem Gefolge die Wetterhexen,
sie kreischen und heulen seine Siegeshymne.
Seine hunderttausend Krallen
streichen über die Dächer,
lösen eine Schindel,
fahren ins Loch und räumen die anderen ab.
Er stochert und zerrt,
entblößt die Gerippe der Dächer.
Wühlt in den Häusern
sprengt triumphierend die Fenster,
drückt Rahmen und Türen aus ihren Angeln.
Er sucht nach Fleisch,
das er an Mauern oder Möbeln
zerschmettern oder darunter zermalmen kann.
nacktes Gestein und Gebälk, Zeugen seiner Untat.
In seinem Hass auf die Lebewesen
fegt er blindwütig über die Keller hinweg,
verschont ungewollt
die dort Verborgenen.

EINE HAARIGE GESCHICHTE

Das Erste, was ich von ihr sah,
waren ihre überquellenden Haare.
Ich muss wohl eingenickt sein,
als ich im Bus erwachte,
war vor mir diese Pracht.
Ich sah nur ihre braune,
wallende, lockige Mähne,
ich musste sie ansprechen.

Den Rücken
mir zugewandt
reitet sie auf mir,
sie lehnt sich zurück
und ihre Haare fallen
wie ein Tuch über mich,
ich genieße, was sie macht,
ich genieße den Duft ihrer Haare.
Gerade hielt ich ihre Brüste,
jetzt greife ich ihr Haar.
Moment mal,
ich müsste doch irgendwo
ihren Körper spüren,
ihren Kopf, ihre Schultern, ihre Beine,
ich schrecke hoch,
wühle,
aber
nur Haare.

DAS HAUS AN DER BAHNHOFSTRASSE

Ein Haus
mitten in der Stadt
steht einzeln,
seit Langem verlassen.
War früher 'ne üble Spelunke.
Wenn du spät in der Nacht,
oder vor Sonnenaufgang
vorbeikommst,
ist ein Fenster erhellt,
als hätte dieses alte Ding
ein Auge geöffnet,
um umherzuspähen.
Dann steht auch eine Tür auf,
der Rachen geöffnet,
harrend, wartend,
auf Kundschaft,
auf Neugierige.
Manchmal
kommt jemand vorbei,
ein Mutiger,
ein Leichtsinniger
tritt ein.
Wagt sich ins Ungewisse,
in die Eingeweide.
Die Tür ist zu.
Das Auge erlischt,
zufrieden.

DAS DIXIWESEN

Am Vortag hatte ich einiges gefuttert
und ich saß auf der Schüssel und schiss.
Noch nie in meinem Leben
hab ich so einen Haufen abgelassen.
Ich war fast fertig,
da kraulte mich was an den Eiern.
Erschrocken sprang ich auf,
ich dachte, es wär 'ne Ratte,
aber es war nur meine Kacke.
Es zwängte sich aus der Schüssel,
stand vor mir und war
von der Form menschlich,
nur wie ein Zwerg,
ein furchtbar stinkender Zwerg.
Es hatte, zum Glück, kein richtiges Gesicht,
es bestand eben nur aus Scheiße.
Ich bugsierte es zur Haustür hinaus,
sperrte zu und hoffte, es würde nicht zu
den Kellerfenstern oder zur Terrasse
wieder hereinwollen.
Sofort begann es seinen Streifzug
quer durch die Stadt.
Ich spritze die Spur von meiner Tür,
dem Gehweg bis zur Straßenecke weg.
Niemand sollte wissen, dass es meins war.
Ich hatte ordentlich Fracksausen wegen der DNA.
Bald schon meldeten sich die Ersten
beim Ordnungsamt:
Da verschmiert eine Person die Wege mit Fäkalien.
Anhand seiner Fährte war es schnell gefunden,
sie stellten ihm eine Falle
und sperrten es in ein Toilettenhäuschen.

Bald schon bildete sich Widerstand:
Freiheit für das Dixiwesen.
Aber keiner von denen wollte es
mit nach Hause nehmen.
Dem Dixiklobesitzer wurde das ganze zu bunt,
ein riesen Open-Air-Konzert stand an
und da brauchte er alle Dixis, die er hatte.
Nachts schloss er einfach seine Absaugpumpe an,
fuhr seinen Kackecontainer zur Kläranlage.
Die Demonstranten jammerten noch ein bisschen,
aber bald war das Ganze nur noch Anekdote.
Seither spül ich immer zwischendurch,
und schrubbe kräftig mit der Klobürste nach,
ein komisches Gefühl ist geblieben.

Inzwischen kenne ich Jürgen,
den Klärmeister, ganz gut,
ich komm ab und zu
mit einem Sixpack vorbei,
wir reden ein bisschen
und schauen Dixi
beim Kraul- und Rückenschwimmen zu.

BEISCHLAF

In der Nacht erwache ich,
irgendetwas stimmt nicht,
irgendwas fühlt sich komisch an?
Ich schau an mir herab,
diese zwei runden Beutel auf meiner Brust,
was ist das?
Ich fasse sie an,
es sind meine
zwei wunderschöne Brüste.
Ich fummle daran,
meine Brustwarzen sind so empfindlich,
wie steif ihre Spitzen werden,
es erregt mich.
Ich streichle mich weiter
und streichle weiche, glatte Frauenhaut,
mit Frauenfingern.
Ich taste mich ab,
kraule mir über den Venushügel
und weiter.
Tatsächlich, kein Pimmel,
glitschige Schamlippen
und dazwischen
am oberen Ende
dieses kleine Stummelchen,
das muss der Kitzler sein.
Aber er kitzelt nicht,
er bringt meinen Körper in Wallung.
Ich bäume mich auf unter der Wirkung meiner Finger.
Ich schaue neben mich,
da liege ich und schlafe.
He wach doch auf.
Ich fasse nach meinem Glied,
das schneller reagiert.

Wir küssen uns, fummeln,
wie wir schon immer fummeln wollten.
Ich steige drauf,
er geht glatt rein,
wir machen es,
wie wir es schon immer wollten.
Die ganzen Kommentare:
Schnell, langsam, dreh dich um, mach das,
ein bisschen kräftiger,
ein bisschen sachter.
Nichts davon benötigen wir,
kein Wort.
Wir wissen von uns beiden alles,
wie es jeder haben will.
Wird er schlaff,
weiß ich alle Methoden
um ihn wieder in Form zu bringen.
Wir treiben es,
bis zum Seitenstechen,
bis die Genitalien brennen.
Aber kaum ist einer ausgeruht,
bringt er den anderen wieder hoch.
Für uns sind es völlig neue Erfahrungen,
eine völlig neue Dimension des Sex.
Am nächsten Morgen liege ich allein,
total erledigt,
mit schmerzendem Schwanz,
ausgestreckt auf dem durchschwitzten Laken.
Bin völlig kaputt von dieser Nacht.
Seither beneide ich euch Frauen
um eure multiplen Orgasmen.
Ich weiß, was ich rede,
ich habe sie selbst erlebt.

III Gestalten

SCHWARZE WITWE

Sie trägt schwarz,
die Vereinskameraden ihren Mann zum Grab.
Sie hört seine Mutter weinen
und ein paar der Trauergäste.
Sie streift sich heimlich
über die verheilten Rippen,
so weint sie auch,
sie weint um das Kind,
das er ihr besoffen aus dem Leib trat.
Sie zuckt zusammen, als ihr Schwiegervater
mit seiner groben Hand,
tröstend über ihren Rücken streicht,
aber sie hat Schlimmeres ertragen.
Die Gemeinde versammelt sich
um das Erdloch und den Pfarrer.
Der labert vom braven Christen,
der hier begraben wird.
Sie lässt ihre Blicke schweifen,
welche Heuchler sind gekommen?
Welche, die alles wussten,
nur nicht, dass sie ihn zu Tode mästete.
Da steht Georg.
Schnell schlägt sie die Augen nieder,
sonst wäre jeder ihrer Blicke nur für ihn.
So wie sie all ihren Schmuck
nach dem Tag ihrer Hochzeit
in einer Schatulle bewahrte,
so bewahrte sie über all diese Jahre
ihre Lust, ihre Liebe.
Auch wenn sie das Untier selber töten musste,
ist ihr Körper für Georg bereit
wie dieses Grab für ihren Mann.

DIE ERBIN

Mit der Urne im Schoß
rudert sie hinaus.
Er versprach ihr,
die Sterne vom Himmel zu holen,
aber er hat ihr nichts zurückgelassen.
Wie oft ließ sie sein welkes
an ihr junges Fleisch.
Es war eine schöne Zeit,
er war ein Kavalier der alten Schule,
ein wunderbarer Romantiker.
Er war ein galanter Tänzer,
ein amüsanter Unterhalter,
kunstverständig
und leidenschaftlich.
Der intensivste Liebhaber,
den sie je hatte,
woran er letztendlich starb.
Jetzt ist sie weit genug.
Das Ding ist schwer und rasselt,
das müssen seine Zähne sein,
so etwas verbrennt ja nicht.
Dass er noch so viele Zähne hatte?
Sie schraubt den Deckel ab,
ohne hineinzuschauen,
denn davor gruselt ihr.
Es staubt nicht,
durch ihre Tränen
glitzert und funkelt es
wirklich wie Sterne,
die da ins Wasser
prasseln.

VERFÜHRERIN

Erinnerung eines Erlebnisses
mit einem Engel der Erotik,
Spätsommer mit süßen, saftigen Studien,
sündiger, strebsamer Stunden
in Sachen Sex:
verwirrende, verhängnisvolle,
vergnügte Venus.
Wie du drall und dreist,
gierig und geil,
mich mit mütterlicher Milde und maß-
loser Liebe locktest.
Wir wandelten in den wogenden
Wiesen und Weiden,
bis wir tanzend und taumelnd,
ganz und gar ins grüne Gras glitten.
Nach kläglichem Kampf mit
Kleidern und Klamotten,
nur noch ein neckisches Negligé,
bedeckte den bebenden Busen vor
brunftig brennend begehrenden Blicken.
Ohne Zögern und Zaudern
zwängtest du dich aus dieser Zier.
Zeigtest, zart und zielstrebig
meinen zitternden
Händen die heiligen, heißen Herzen,
diese blanken, blühenden, bombastischen Bälle.
Darauf köstliche Knospen zum
Knabbern und Knutschen.

Prickelndes Prachtweib
weich und warm,
an und in deinem Körper
kippte meine Kindheit,
du kreiertest aus einem
Knaben einen Kerl.
Vorher schüchtern, nun scharf,
schleckte ich deinen Schoß,
Schauer scheuchten
über deine schönen Schenkel,
leckten über deinen lüsternen Leib.
Du zogst mich zu dir,
zwangst mich unter dich,
zärtlich das Zepter zentrierend in dich.
Atemloses, aggressives Auf und Ab,
bis dein Quell und mein Quirl überquoll.
Müde und matt
lag ich an deiner molligen Mitte.
Du ruhtest nicht, sondern riebst
bis er sich regte und ragte.
Während die Wolken
über uns wanderten,
wiederholten wir diese Weihe.
Dankbar denke ich an damals,
als Freundin Fräulein Florence Flaubert,
eine französische Flötistin, flüsterte:
K'omm küss
misch.

SCHMETTERLINGE

Er hat sie aufgelesen,
zuerst baden,
das ist Pflicht.
Er rumpelt in der Küche,
damit sie weiß,
dass er nicht spannt
und sie etwas Warmes
in den Magen bekommt.
Aber um den Kokon aus Misstrauen
aufzubrechen,
dafür wird er noch viel Geduld brauchen.
Wenn sie satt ist,
kann sie glotzen
oder schlafen,
am ersten Abend
gibt's nie viel zu reden.
Am nächsten Morgen
sind sie oft entschlüpft,
mit allem Geld, was so herumlag.
Wieder gefunden,
keine Vorwürfe,
nur das gleiche Angebot,
das gleiche Spiel,
bis sie zu reden, zu fragen beginnt,
bis sie bleibt.
Er sagt ihr, was er will,
und zeigt ihr die Bilder,
sie ist überrascht.
Sie dachte, er will ficken.

Die meisten willigen ein.
Zuerst Portrait mit Kohle.
Wenn sie vertraut
und sich entblößt,
Aquarell.
Sie lacht: Das soll ich sein?
Weil ihr Lachen so schön ist,
malt er noch expressionistische,
surreale, kubistische Sachen.
Wenn er gut mit ihr kann
geht's ins Detail.
Zuletzt Tusche,
seine Vorbilder
Carpaccio, Prechtl und Vargas.
Sie ist so schön
wie noch nie,
auf der Staffelei
und davor.
Manchmal weinen sie
vor Glück,
dann ist auch er gerührt.
Er besorgt ihr einen Job,
eine Bleibe,
oder gibt ihr Geld für die Straße,
begleitet sie hinaus.
Denn er muss los
auf die Suche
nach dem nächsten
Schmetterling.

SCHMETTERSCHWALBE

Sie wechselt öfter die Perücken,
ihr Aussehen
und die Stadt.
Sie hat da so eine Masche,
sie lockt die edelsten Kerle an,
mit ihrem Körper kein Problem.
Sie macht die Typen geil und besoffen,
steigt im Bett drauf und schüttelt ihre Schoppen.
Sie hat mächtige Granaten,
die Freier werden zu Babys
die daran spielen wollen.
Sie schlenkert die Dinger hin und her,
schlägt sie den Mackern ins Gesicht.
Das sitzt,
wie von einem geübten Boxer.
Ihr Freund scannt die Kreditkarten,
solange sie die Ohnmächtigen fesselt.
Die Luxusschlitten bringen sie
in der Nacht über die Grenze.
So ziehen sie jede Woche einen ab,
bis es reicht für ein Leben unter Palmen.
Sie feiern diesen Erfolg
und als er gerade denkt,
was das für prächtige Bälle sind,
klatschen sie ihm ums Kinn
und ihm wird Nacht.

EINSICHT

Der graue Star nimmt ihm die Sicht,
er kämpft mit allen Mitteln, Geld hat er genug.
Es gibt da eine Möglichkeit,
sofort bewirbt er sich als Proband.
Rasch erholt er sich von der Operation,
die Heilung geht voran.
Nachts erwacht er und wundert sich,
wieso seine Kleider fehlen,
die Nachtschwester betritt nackt den Raum,
das irritiert und erregt ihn.
Doch als er sie berührt, ist Stoff dazwischen,
durch ihre Wangen schimmern Knochen,
den Kiefer und die Zähne erkennt er leicht.
Ist sie so mager?
Sie drängt auf ihn ein, er hört ihr nicht zu,
schaut nur entsetzt durch ihre dünne Haut,
er kann alle ihre Organe betrachten.
Der Magen, der irgendwas verarbeitet,
der Darm, der seine Arbeit tut.
Das Herz, es schlägt erregt,
jagt Blut durch ihre Adern.
Er weicht zurück, sie folgt ihm nach.
Da wehrt er sich, sie schreit.
Er hört Getrampel auf dem Flur,
Gestalten stürzen herein, kahl und skelettiert.
Er schlägt die Monster nieder.
Draußen schauen Skelette zum Fenster hoch.
Etwas trifft ihn am Kopf.
Als er eintrübt, erkennt er seinen Irrtum,
die Schwester, den Zivi, den Arzt.
Er sinkt erleichtert ins Koma,
zum Glück war er nicht verrückt.

FLIRT MIT JUDITH

Eine Madonna
mit einem schwarzen Herzen.
Welch eine Erfahrung,
ihre Erscheinung wie eine Erleuchtung.
Du erschauerst, erschrickst vor Glück.
Dein Herz erhebt sich, erahnt, erspürt
die Anwesenheit eines Engels.
Am Anfang steht ihr Lächeln,
das dich segnet,
ihre Worte salben deine Wunden.
Wie einem heiligen Stern
folgst du ihr nach,
folgst dem göttlichen Strahlen
ihrer blauen Augen,
dem Leuchten dieser Lichtgestalt.
Dunkle Locken ringeln sich um
Stirn und Schultern dieser Ikone.
Ihr Mund, ihre Nase, ihre Wimpern,
ihre Augenbrauen, ihre Wangen
sind Reliquien, ihr Körper ein Tempel.
Wie sie sich bewegt, wie sie spricht,
du denkst an Sanftmut und Unschuld
und erhoffst ihr Kommen mit Ungeduld.
Du wirst zu ihrem Jünger,
denn du wirst das Weibliche
der Heiligen entdecken,
mit sündiger Begierde.
Du wirst sie anbeten, ihr huldigen,
dich geißeln,
bis sie dich endlich empfängt
zum Abendmahl.

Du wirst feurige Prozessionen zelebrieren,
deinen Schweiß, dein Blut, deinen Samen,
dein Herz opfern
auf ihrem Altar.
Sie wird dir
himmlische Stunden bereiten,
in denen du hoffst,
du könntest ewig selig verweilen.
Wenn du dich
in ihrem Paradies niederlässt,
völlig nackt,
weil du ihr alles dargebracht hast,
formt sie dich wie Lehm
zu ihrem Geschöpf.
Sie verbrennt dich zu hohlem Ton
und zerschlägt dich
an deinem Glauben, deiner Liebe.
So, dass du am Ende nur noch Scherben
auf deinem Kreuzweg bist,
die ihr Kreuzzug
hinterlassen hat.
Nein, du wirst ihr nicht widerstehen,
nicht widersagen,
du wirst sie versuchen.
Und erst auferstehen
wenn du von ihrem Kelch
getrunken hast:
Den bitteren Saft
der Erkenntnis.

MELONEN

Unter jedem Arm
trägt er schwitzend eine Melone,
für das Familienfest.
Niemand ist zu Hause,
sie sind alle noch einkaufen,
Stille.
Erschöpft von der Hitze und dem Weg
setzt er sich auf den Küchenstuhl,
betrachtet die beiden Kugeln auf der Anrichte.
Gibt es solche Hintern?
Gibt es so einen Busen?
Solche Dinger wären übertrieben,
beängstigend.
Aus Lust und um das Bild
aus dem Kopf zu bekommen,
schneidet er sich eine an.
Gierig verschlingt er das Stück,
während er in den breiten, roten,
fleischigen, feuchten Schlitz starrt.

Als seine Mutter nach der zweiten fragt,
lügt er: »Hinuntergefallen.«
Dabei spürt er noch einen Melonenkern
unter seiner Vorhaut.

DIE MIT DEM DUTT

Die mit dem Dutt
führt ein kleines Museum,
verführt junge Männer.
Die mit dem Dutt
ist sehr penibel,
aber im Bett ein Schwein.
Die mit dem Dutt
erläutert
ihre Exponate sehr genau,
will nicht reden,
nur schwitzen, keuchen.
Die mit dem Dutt
weiß alles
über Kunst und Geschichte,
über Körper und Sinne.
Die mit dem Dutt
öffnet ihr Haar
und lässt dich
ein.

ZIMMERSERVICE

Sie will gekrault werden
mit Fingern und mit Worten.
Sie hat verloren
gegen das Alter.
Sie will es immer noch nicht wahrhaben,
deshalb hat sie ihn bestellt,
bevor sie völlig übergeht
zu Tabletten und Alkohol.
Er ahnt ihre einstige Schönheit,
ihr Alter giert nach
jungem, festem, unverbrauchtem Fleisch.
Er behandelt und bearbeitet sie so,
dass sie sich begehrt fühlt,
dafür ist sie dankbar,
dafür bezahlt sie ihn.
Er zieht den Cockring ab,
es ist ihm nicht gekommen,
überlegt, ob er es sich selber machen soll,
wär aber zu viel Beileid.
Er zählt die Scheine nach,
um zu verschwinden.
Morgens sind sie immer zickig,
wie 'ne angefahrene Pussi.
Er will sich nicht rumärgern,
das fehlt ihm dann am Trinkgeld.
Er küsst zum Abschied
noch ihren Nacken
oder das Dekolleté,
das haben sie gern,
das gibt ihnen was
von damals.

IRENE S.

Ihr Lachen tönt rau
und weit,
so dass die Kerle schauen.
Sie ist eine Meisterin
des Schminkens,
sie weiß, wie und
welche Dessous
unter heller oder dünner
Kleidung wirken,
wie eine Frau
betont oder puscht.
Sie ist offensiv und provokant,
tagsüber im Fitnesscenter und
abends in der Kneipe
fischt sie nach Männern,
spricht sie offen an.
Wenn sie benutzt wird
im Klo, im Auto, im Bett,
fühlt sie sich nicht allein,
etwas ist da, das sie wärmt.
So vergisst sie,
dass sie den Virus
in sich trägt.

IMBISS

Er will was Warmes,
um den Winter
wegzufuttern.
An der Pommesbude
ein neues Gesicht,
ein junges Ding
an der Friteuse.
Während er im Matsch steht,
werkelt hinter der Theke
ein Sommernachtstraum.
Ihre knappe Arbeitskleidung,
weißes fleckiges Shirt und Hose,
eng um Brust und Hüften,
Bauch frei.
Die schmalen, schwarzen Bänder
ihrer Unterwäsche
schauen über den Hosenbund,
der Rest schimmert durch
die verschwitzten Klamotten.
Siedende, in Lust
brutzelnde Gedanken:

Während die Hungernden
gierig glotzen,
zerrt sie ihn zu sich,
pellt ihm die Kleidung ab,
reißt sich das Weißzeug
vom öligglänzenden Leib.
Unter dem Gejohle der Gaffer
lehnt sie sich weit über die Auslage,
schwingt ihre Keulen
um seine Schultern,
seinen Kopf
wie eine Frikadelle
zwischen ihren Schenkeln,
so genießt sie den Hunger
ihres Gastes.
Dann klappt sie ihre Beine hoch,
um bis in seinen Schoß zu rutschen,
der Hot Dog flutscht ins Brötchen.
Das Volk klatscht
im Takt der Stöße,
und als ihm die Majo kommt,
gibt's auch noch La Ola.

Ihm ist ganz schwindelig,
er schreckt hoch,
als sie ruft:
Was darf's denn sein?

BUK UND DOLLY

Was ihr Aussehen betrifft,
liegen ihre guten Jahre weit zurück.
Sie ist mit Gott im Reinen
und darum weiß er,
dass dies ihre Besten sind.
In ihrer kleinen Bude stolpert er ständig
über irgendwelche Katzen oder Hunde,
sie würde um ihre Viecher
mehr kämpfen als um ihn.
Er versteht das,
und deshalb schenkt sie ihm
mehr Vertrauen als irgendwem,
er ist schließlich auch nur ein Straßenköter.
Er massiert ihr den Nacken und die Beine
und sie ihm dafür den Halbharten
in den zerschlissenen Boxershorts.
Sie schauen fern und trinken,
beschimpfen sich und lachen.
Ab und zu schleppt er sie zum Pferderennen,
sie fühlt sich da nicht wohl,
zu viele alte Freier,
Beruf und Privat soll man trennen.
Ihm geht's vorbei,
er will nur sein Rennen
und sie an seiner Seite.
Sie gehen Hand in Hand,
ahnend,
dass der erste Windstoß
sie wieder auseinandertreibt.

DIE SPRINGMAUS

In Bibione,
zirka einhundert Meter vom Strand,
gibt es so eine Trampolinarena.
Eine kleine, schwarzhaarige Bambina,
wohnt gegenüber,
übt jeden Abend.
Sie springt nicht für Gold,
nicht für Mama und Papa,
sie springt
aus purer Lebensfreude.
Flick-flack, Saltos und alles andere.
Vielleicht hast du Glück
und findest gegenüber
ein Apartment mit Balkon,
um bei Rotwein und Pasta,
das Treiben der Bummler
und ihr Können zu betrachten.
Vielleicht hast du Pech
und kommst zu spät.
Sie macht's nur noch für Geld
oder ist Mama geworden
oder weggezogen.
Oder sie hat inzwischen so
Riesenmöpse,
die sich selbst festgezurrt
nicht zum Springen eignen.
Gott
hat in solchen Dingen
oft einen ziemlich fiesen Humor.

DIE PATHOLOGIN

Sie, gekleidet in klinisch sterilem Weiß,
mit Gummihandschuhen, Operationshaube,
etwas Make-up.
Ich lausche ihren Erklärungen,
sie zählt auf und erklärt
mit gleichmäßiger, fester Stimme,
als würde sie Märchen vorlesen,
Märchen über den Tod.
Sehr konzentriert,
sie übereilt oder verstolpert kein Wort,
und alle medizinischen Begriffe sitzen.
Ich folge ihren routinierten Bewegungen,
wie sie den Körper
wuchtet und stemmt,
dreht und hebt.
Manchmal ist es ein Ringen
und manchmal ein Tanz,
die Masse bestimmt die Choreographie.
Sie macht ihre Arbeit
nüchtern wie der blanke Seziertisch,
diszipliniert wie das aufgereihte Werkzeug,
exakt wie der Schnitt ihres Skalpells.
Das erste Mal erschrak ich
und war erstaunt,
wie sachlich eine Frau
ihre Artgenossen öffnet.
Wie ihr Messer in die Haut eintauchte
und alles offenbarte.
Wie sie Stück um Stück zerpflückte,
um alle Einzelteile präzise zu erkunden.

Wie war ich erschrocken,
erstaunt und erregt,
als sie mich erkundete,
hastig
meine Kleider zerpflückte,
um Stück um Stück
meinen Körper freizulegen.
Als sie ihren BH, ihr Haar löste,
ihre Scham entblößte,
mich hemmungslos bezwang.
Es war ein Tänzeln
und ein Ringen,
wie wir uns drehten, hoben,
wuchteten und stemmten
in unkontrollierten Bewegungen.
Was für Töne quollen aus uns,
während sie mich
in sich eintauchen ließ?
Ich war immer wieder
erschrocken,
erstaunt und erregt
über das Wilde
in ihren Forderungen und Handlungen,
das Unbändige in ihrer Lust.

Und morgens,
nachdem sie erneut
über mich hergefallen war,
zog sie sich an und ging zur Arbeit.

DAS BÜRSCHCHEN

»Danke, Kleiner.«
Er wollte nur hinein,
dabei hielt er ihr die Tür auf.
Er stutzt,
die Anrede passt ihm nicht.
Klar ist er ein paar Jahre jünger,
klar ist er ein paar Zentimeter kleiner,
aber das war so beiläufig,
so hingeworfen,
das trifft seinen Stolz.
Er fragt zunächst den Kellner,
erfährt danach von ihren Freunden
ihren Namen und was sie studiert.
Am Telefon erklärt er ihr,
er brauche Nachhilfe,
sie sei ihm empfohlen worden.
In seinem Zimmer
staunt sie
über seine Instrumente.
Er spielt ihr was vor,
dann Matheübungen.
Als sie ihn das nächste Mal
um ein Solo bittet,
verlangt er einen Kuss,
den sie ihm lachend gewährt.
Nach ein paar Nachhilfestunden
ist das Küssen
fast schon Programm

und es erregt sie,
denn er küsst gut,
und so endet die Nachhilfe
in seinem Bett.
Sie ist ganz aufgelöst,
sie dachte, sie steht auf ältere Männer.
Wie er auf den Instrumenten spielte,
spielt er jetzt auf und in ihr.
Sein Vater ist Gynäkologe,
er weiß genau, wo und wie er
den G-Punkt
und alles andere stimuliert.
Wenn er kommt, bleibt er stehen.
So geht es oft
bis in die Abendstunden,
bis seine Mutter
ihre Töne vernimmt.
Er schert sich weder
um Hausarrest,
noch um die Verjagte.
So oft sie ihn treffen will,
lässt er sie abblitzen.
Jahre später
ist sie in den Nachrichten
wegen
Verführung eines Minderjährigen,
er grinst.

WEHRLOS

Das klappte schon einige Male,
bevor die Alten Gezeter machen,
ist er über alle Berge.
Da tappst wieder eine Tatterige daher,
ihre Handtasche baumelt
locker
am gebrechlichen Unterarm,
leichte Beute,
er rennt los.
Geübt greift er sich die Tasche,
aber plötzlich ist ihr Gehstock
zwischen seinen Beinen,
er knallt der Länge nach hin.
Sie trippelt auf ihn zu,
wirft dabei
den eichenen Spazierstock hoch,
fängt ihn am unteren Ende.
Wie mit einem Kricketschläger
drischt sie ihm ins Gesicht,
bricht sein Nasenbein.
Sie fischt sich ihre Tasche
mit dem Haken des Griffs,
entstaubt sie,
wartet.

Ihm läuft die Soße übers Kinn
und sabbert seine Jacke voll,
dafür beschimpft er sie
näselnd.
Wieder saust die harte Krücke
durch die Luft,
trifft ihn am Schulterblatt
und quer übers Ohr.
Er fällt zur Seite,
aber Angst
treibt ihn
auf die schweren Beine.
Er torkelt weg,
fällt,
panisch
zieht er sich
an einem Geländer hoch,
tropft den Gehweg voll,
stolpert davon.
Sie reinigt den
treuen Stock
und schlägt den Weg
zum nächsten Cafe ein,
auf ein Likörchen,
das hat sie sich verdient.

IV Geschichten

DIE FLUT 1525

Die Not
warf ihre Saat aus,
nun ist die Frucht überreif,
fürchterliche überreiche Ernte
voller Leiden.
Die Bündel aus Verzweiflung
füllen die Scheuer zum Zerbersten.
Hunger zwingt zum Handeln,
Groll ist Glut,
Wut wird Wille
und Hass neue Hoffnung.
Die krummen Rücken recken sich,
dürre Arme, magere Hände strecken sich,
hagere Hälse hetzen auf.
Ein Poltern, ein Toben, ein Schreien
rollt durch die Straßen.
Das Volk, zu einer Faust geballt,
wälzt durch die Nacht.
Sie stürmen, wie von Sinnen, die Zinnen
der Rechthaber, der Grundhaber,
der Machthaber.
Ein neuer Hunger treibt auch
die Satten aus ihren Suhlen.
Gemeinsam graben sie, begraben sie
die Promenaden und Paläste,
schänden die Schlösser.
Der Sturm zieht seine Furche.
Auch die Ahnungslosen, Teilnahmslosen,
danach die Hoffnungsvollen,
werden weggeschwemmt.

Ein ausschweifendes Abendmahl
aus Blut und Fleisch.
Das Tischtuch über und über verdreckt,
verdeckt die edlen Pläne.
Nach Lust und Laune
besudeln und beflecken
sie ihr Gewissen,
verhökern und verhuren
ihre letzten Ideale.
Aus Kämpfern werden Söldner.
Der Feind,
nun in ihrer Mitte,
beschleicht Geist und Ziel.
Spielt aus und erhebt
den Neid
zum Trumpf.
Fordert einen neuen Steuermann –
seinen Kandidaten,
ein Götze,
aus den alten gegossen.
Das Laufrad dreht sich wieder,
die Tretmühle mahlt wieder,
nur für einzelne Fähnchen im Wind
ein Glücksrad.
Die einen verloren ihr Leben,
die anderen ihre Achtung,
die meisten sich selbst.

BLUTBAD 1601

Sie hat den Scharfrichter
als Bademeister auserkoren,
sie ist ganz aufgeregt,
denn sie wird heute neu geboren.
Was für ein Heulen, Kreischen, Jammern,
der Palast hallt vom Jungfrauengeschrei.
Die Zofen flüchten in die Kammern
und beten: Gnädigste Maria,
hoffentlich ist's bald vorbei.
Wie sich die Mordgesellen erhitzen,
während sie schwitzend Hälse schlitzen.
Bald verstummt das letzte Schreien
und die Gräfin tritt hervor,
Badehaube, knapp bekleidet,
pult sie sich Watte aus dem Ohr.
Sie jauchzt: Jugend, ich komme.
Sie löst gekonnt das Mieder,
tunkt ins klebrig, rote Nass das Bein,
danach alle ihre welken Glieder,
planscht und taucht völlig darin ein.
Dann ruft sie nach einem großen Spiegel,
doch beim Anblick
wird ihr schrecklich kalt.
Denn sie ist gänzlich blutverschmiert,
fett, runzelig
und alt.

HUNGERSNOT 1641

Bitte, mein Herr, so helft uns doch,
vergrabt's nicht in der Erden
schon dreißig Jahr dauert das Joch
es will kein Friede werden.
Zu lange hält es an, das Roden
und das Morden,
wurden gedroschen und durchpflügt
durch etlich Söldnerhorden.
Wir sind beraubt um Hab und Geld
fort ist all Vieh aus Wald und Feld
verjagt oder erschlagen.
So reicht uns eure schwere Last
ihr braucht nicht länger tragen,
euch ist es leichter und unsereins
füllt es für kurze Zeit den Magen.
Mit diesem Bündel, glaubet mir,
bleiben wir noch am Leben
und sind wir für euch auch nur Getier,
ihr müsst es uns doch geben.
In unsrer Not brechen wir göttliche Gebote
und fressen, wenn ihr euch versperrt,
auch Lebende und nicht nur Tote.

HEXENWAHN 1722

Sie brennt,
umringt
vom Volk,
den Anklägern.
Ihr Schreien lässt
die Gaffer verstummen.
Ihr Körper lodert und zuckt.
Durch die Flammen sehen
sie verschwommen
ihren nackten Leib.
Gedankenglut.
Der Brei
aus vergorener Moral,
fauligem Gewissen
und verhohlener Begierde,
kocht über.
Der Pfarrer geht,
die Hände im Schoß,
die Bibel fest im Griff.
So drückte er schon oft
die Schlange nieder.
Bei vielen rieb es
am Hosenstall.

»Die hat uns lang genug verhext.«
Raunen Mitglieder der Gemeinde.
»Mit ihren Sprüchen und Bewegungen
hat sie uns gereizt.«
So der einhellige Urteilsspruch.
Doch keiner spricht es aus,
ein jeder übertönt
den anderen
mit Flüchen
auf das halbverkohlte Wesen.
Verbranntes Fleisch
beißt in ihren Nasen,
sie laufen weg
zum Bier.
Die Frauen keifen,
kennen den Zauber,
der ihnen längst verloren ging,
weil sie nicht mehr an ihn glauben.
Sie denunzieren jede
die ihn versprüht,
wie die
auf dem abgebrannten Reisighaufen,
in Asche gehüllt.
Von der ihre Männer
faselten
im Schlaf,
im Rausch.

WEIMAR, AM ERFURTER TOR 1783

Das Volk steht in der Pflicht.
»Es sei zugegen bei der Rechtsvollstreckung!«
Alle sind gekommen
zu gaffen, zu schauen,
um rufend und schreiend
das Schauspiel zu begleiten.
Die Raserei, die sie verbindet,
hilft gegen die Novemberkälte,
lenkt ab von eigener Not.
Sie bilden ein Spalier
aus Hohn und Spott,
aus Hass und Ekel,
gegen das Weib,
das da angekarrt wird.
Ein Mädchen im linnenen Büßerkleid,
barfuß, mit gesenktem Haupt.
Des Volkes Spucke, Würfe und Geschrei
treffen ihren Leib,
aber nicht die Seele,
die schon starb,
als sie die Leibesfrucht,
den Liebesbeweis erstickte,
ihre Augen sind trocken, starr und leer.
Einer ist zugegen,
verborgen auf der Zinne beobachtet er das Geschehen,
versteckt sich vor dem Fluch ihres Blickes.
Sein Rat führte zum Urteil,
führte die Hand des Herzogs
zur Unterschrift,
die Schuldige von den Lebenden zu scheiden.
Er gibt sich Recht
und spricht sich fromm:
»Ich habe Gottes Gebote erfüllt.«

Er lenkt sich ab,
lässt seine Blicke schweifen.
In der Menge Mädchen wie sie,
deren Hände sich nach
behaarten starken Händen sehnen,
taub und blind
für die Warnungen dieses Spektakels.
Er wählt sich die Schönste aus,
seine Augen begehren
den Einlass ihrer Kleider,
und als er Haut entdeckt,
entflieht er mit ihr auf Pegasus
dem verdammten Ort,
dem deutschen Frost.
Auf diesem Ritt
streift er sie ab,
den Gurt, die Strenge
der Christ- und Tugendhaftigkeit,
auf in den fernen, warmen Süden.
Dort trägt er sie
zum weichen grünen Himmelbett
eines Dattelhains.
Er entkleidet sich aller Etikette,
löst ihre Schlingen
um sie zu verschlingen,
stürzt sich und sie in Leidenschaft.
Bis die Sonne in Schamesröte untergeht.
Da rauscht die Menge ihm in die Ohren
und tief ins Mark,
entreißt ihm seinen Traum.
Der Henker hält,
ihm wird fast schlecht,
das Haupt
der Kindsmörderin empor.

DIE WEISSE FAHNE April 1945

Überall ist der Feind durchgebrochen,
am Waldrand stehen Sherman-Panzer.
Die Tommys und Amerikaner
sind angeblich noch die angenehmsten.
Er hat sein Bettlaken
an einen Besenstiel gebunden,
will ihnen entgegengehen,
das Dorf soll verschont werden.
Aber wie der Führer,
der schon längst tot und überrannt ist,
so hetzt der parteigetreue Dorfvorsteher
das Jungvolk
zu den Waffen.
Sein Reich, seinen Führer
hat er schon verloren
und er befürchtet, den Rest
werden sie ihm auch noch nehmen,
seine Privilegien, den Reichtum
durch die Arisierungen im Dorf.
Darum sollen die Dörfler,
die so eifrig den Arm streckten,
mitverrecken.
Aus seinen Schränken
werden die Jungs ausgerüstet,
mit Jagdgewehren und alten Karabinern
gegen Panzer, Jabos und Artillerie.
Die weiße Fahne versinkt im Matsch.
Bevor vier Hitlerjungen
in Stellung gehen,
ziehen sie den Pfarrer
an der Dorfeiche hoch.

ALTE GEWOHNHEITEN Juli 1945

Der Vater und der älteste Bruder
sind noch im Krieg,
obwohl seit Mai Friede herrscht.
Endlich können sie mit Pferden
wieder auf die Felder,
dennoch spähen sie
nach Jagdflugzeugen
misstrauisch zum Himmel.
Er geht in den Stall
um den Trakehner einzuspannen,
da schleicht doch einer ums Haus.
Vom Stall aus sieht er den Paulesbauer,
wie der geduckt von Fenster zu Fenster
pirscht und horcht.
Wie viele,
die den Feindsender hörten,
hat der schon denunziert?
Der Onkel kam nach Dachau
und kehrte nach Wochen
völlig verlaust und ausgemergelt heim.
Wenn jemand ihn danach fragte,
humpelte er nur weg und weinte.
Der Junge würde am liebsten
das Gewehr wieder ausgraben
und den Paulesbauer abknallen.
Aber der ist schon weiter
zum nächsten Haus.
Mit dem Ohr
am leise gedrehten Volksempfänger,
steht die Mutter in der Küche
und lauscht heimlich BBC.

MAUERBLUME 1959

Sie bemerken nicht,
wie es in die Nase sticht?
Verwesung zieht durchs ganze Haus,
aus dieser Wand, da kommt's heraus.
Schlüpft aus Rissen in alle Räume,
ich riech es auch noch, wenn ich träume.
Was? Sie hören kein Kratzen, Scharren?
Oder einen Kiefer knarren?
Ein Flüstern dringt durch die Tapeten,
manchmal quakt es wie die Kröten,
oder es lacht schallend laut,
dass es mir den Tag versaut.
Da, aus einer Ritze
bohrt sich eine Fingerspitze,
droht und winkt mir deutlich zu,
ich hau drauf mit einem Schuh.
Oder aber Haare quellen
aus dem Putz, an vielen Stellen.
Bin ich fertig mit dem Rupfen,
kann ich woanders wieder zupfen.
Egal, in welchem Raum ich stehe,
überall ist ihre Nähe.
Ich spring vom Dach, flieh dieser Falle,
doch bevor ich auf den Asphalt knalle,
ein Rat: Auch Sie werden es bedauern,
Ihre Gattin einzumauern.

BLASPHEMIE 1968

Demütig kniet sie nieder,
ergreift den Hirtenstab.
Er beschwört sie:
Lass ab von diesem Teufel,
verschone unsere Seelen.
Doch sie hält ihn in ihrer Faust,
nimmt sich seiner an.
Chöre erquicken seine Sinne,
während sie andächtig
ihr Haupt im Rhythmus wiegt.
Da erschallt die Posaune,
er jauchzt.
Danach bittet er sie:
Komm zur Beichte
auch nächste Woche.
Sie zählt die Scheine,
nickt und geht.

FEUERBRÜNSTIG 1973

Eine Zigarette in schlafender Hand,
Stoff nah der Glut
und ist sogleich entbrannt.
Das Feuer wühlt sich Daune um Daune
zur Schlafenden
und küsst sie gierig wund.
Da wird sie wach und schreit,
doch rote Zungen lecken in ihren Mund,
so dass sie Flammen speit.
Der Brand umschlingt sie
in lüsterner Gier,
fährt ihr durchs leuchtende Haar,
umhüllt sie, dringt in ihren Leib
und frisst sie ganz und gar.
Das Monster schlägt brausend
die Fenster entzwei.
Leute rufen entsetzt
nach Feuerwehr und Polizei.
Die lodernde Bestie erhellt die Nacht,
schlägt wild mit den Flügeln umher,
wird von eifrigen Winden angefacht,
brüllt wie ein hungrig rasender Bär.
Der Lindwurm gräbt sich ins Treppenhaus,
verteilt sich in jeden Raum,
drängt viele zu den Fenstern hinaus,
grast an einem nahen Apfelbaum.

Endlich, ein Löschtrupp
beginnt den Kampf,
erstickt ein paar Flammen
in beißendem Dampf
und hat schon längst verloren.
Des Feuers Fahnen wehen an allen Ecken,
ein Untier mit abertausenden Zähnen,
die höhnend
der Feuerwehr entgegen blecken.
Von den Dachrinnen tropft sein Geifer,
ein glühender Saft,
es bläht sich auf mit aller Kraft,
es knirscht im Gebälk,
es rumort in den Wänden,
es grabscht nach den Nachbarhäusern
mit unzähligen Flammenhänden.
Da stürzt es ein mit lautem Krachen,
das Haus fällt zusammen und begräbt
den schrecklich tobenden Drachen.

Glimmend in der Asche
verweht das Ungeheuer
und sinkt ganz sacht,
viele hundert Meter fort,
auf eine strohgefüllte Scheuer.

DAS SOUVENIR 1978

Ihre Kollegen sind bei der
Übergabebesprechung,
die anderen noch bei der Visite
mit dem Chefarzt.
Der Butler macht Mittagspause,
der nächste Besuch
ist erst in einer Stunde angemeldet,
der Patient ist jetzt allein.
Ein Bodyguard fummelt sie ab
nach Kameras oder Tonbandgeräten,
flüstert ihr Freches ins Ohr,
lässt sie grinsend hinein.
Sie haben ihn in einem separaten Flügel
extra abgeschottet untergebracht.
Eigentlich müsste er in ein Hospiz,
aber hier bekommt er Optimalversorgung.
Sie wäscht ihn,
sie hofft, das warme Wasser
und ihre Hände bewirken es,
aber er wird nicht richtig hart,
nun gut, sie versucht's mit dem Mund,
das hilft.
Er ist eingetrübt
durch das Morphium,
das muss so ein Drogentraum sein,
hatte er früher öfter.
Jetzt steigt sie auf ihn drauf,
den Slip am rechten Knöchel,
den Rock der Schwesternuniform
hochgeschoben.

Er streift durch ihre Haare,
dann hilft sie ihm und er ist drin.
Wow, ist das hier ein Service,
denkt er ganz bematscht,
oder vielleicht schon ein Engel?
Zum Glück hat ihm der Tumor
die Eier nicht weggefressen.
Morphium und 'ne Schwester,
keine so schlechte Mischung.
Fleißiges Mädchen,
stairway to heaven.
Irgendwo weit weg von ihm
löst sich der Schuss,
aber allein schon die Erinnerung
und die Ahnung ist ein gutes Gefühl.
Ein bisschen entspannen, dösen,
vielleicht noch so was
Schönes träumen.
Sie wäscht ihn noch mal nach,
verlässt den Raum.
Er wird's nicht mehr lange machen.
Sie denkt an seine Musik,
hat alle seine Platten,
trägt ein bisschen Unsterblichkeit in sich.
In der Tiefgarage entfährt ihr
ein Jubelschrei.
Sie ist aufgeregt wie ein Groupie,
muss dringend heim,
aber zuerst an der Apotheke vorbei,
den Test abholen.

DER COUP 1994

Jede Unterrichtsstunde kotzt ihn an,
nur Stresskids an seiner Schule,
die Kollegen sind auch nicht besser.
Er beantragt mehrmals die Versetzung,
aber Papier ist geduldiger als er.
Er meldet sich freiwillig
zum Schullandheim,
Carmen ist diesmal dabei.
Sie hat schon die Hälfte
der Jungs durch,
sie würde es auch mit Lehrern machen,
prahlte sie auf dem Pausenhof.
Ihn beeindruckt das nicht sonderlich,
er steht auf Frauen mit Hirn und Herz,
aber zum Wegstecken würde es reichen.
Bei den Wanderungen
pirscht er sich ran,
Small Talk,
Musik und Filme und Trallala.
Er gibt sich cool
und den Gören auch mal ein Bier aus.
Als er sie beim Kiffen erwischt,
zieht er auch mal dran.
Irgendwann ergibt es sich,
er allein mit ihr,
er weiß, was er verlieren will,
also muss er ran
an die Doppelpackung Babyspeck.

Er knutscht nur so rum,
aber sie will gleich mehr,
ist sie so gewohnt,
deshalb lässt er sie zappeln.
Er entschuldigt sich bei den Kollegen,
macht noch einen Abendspaziergang,
sie kommt hinterher.
Eine warme Sommernacht,
eine Lichtung,
Mondschein.
Sie lästert später bei ihrer Clique,
dass er's überhaupt nicht bringt,
aber das hörte sich anders an
für die Schüler und Lehrer,
die sie suchten.
Er wurde strafversetzt
in den Nachbarort,
brave Landkinder,
umgängliches Kollegium,
aber wehe, wenn er noch mal.
Er ist zufrieden,
das Umfeld stimmt,
die Arbeit
macht ihm wieder Spaß
und das alles für eine
unvergessliche Nacht.

TROSTPREIS 1997

Sie standen sich schon gegenüber,
für den einen viel Geld,
für den anderen Revanche.
Der Herausforderer
ist einen halben Kopf kleiner,
aber an Kraft und Ausdauer
dem Titelverteidiger gleich.
Dem einen seine Größe,
dem anderen seine Entschlossenheit.
Der Große ist ein Techniker,
der Kleinere eine Bestie.
Der in den lila Shorts
rechnet sich seine Treffer durch,
liegt er vorn
oder muss er noch punkten,
der in den schwarzen
will ihn nur zerschmettern.
Der gläubige Christ
betete um den Sieg.
Der Kämpfer aus der Bronx,
dem ist sein Hass Glaube genug.
Die Glocke,
beide stürmen aufeinander los,
jeder will den ersten Treffer landen,
den anderen anschlagen.
Der Titelverteidiger
kennt die Schwäche seines Gegners,
er rempelt ihn mit seinen Schultern,
den Ellbogen, seinem Schädel.
Damit verstößt er gegen keine Regel,
so was kommt vor.
Auch diesmal hat er ihn,
wie damals, die rechte Augenbraue.

Der Angeschlagene
knirscht mit den Zähnen:
Das ist doch wieder kein fairer Kampf,
Mensch, Ringrichter, tu doch was.
Irgendwas will er mitnehmen,
wenn's schon nicht der Sieg ist.
Er geht in den Clinch,
schnappt sich das Weltmeisterohr.
Der spinnt doch,
dieser Irre hat mich gebissen.
Der Ringrichter unterbricht,
schaut sich die Sache an,
holt den Ringarzt dazu,
kann weitergekämpft werden?
Ein kurzes Ja,
dem Herausforderer
werden zwei Punkte abgezogen,
die dritte Runde läuft weiter.
Das mit den zwei Punkten
ist ihm jetzt egal,
er hat es begonnen,
er wird es beenden.
Sie wieder im Clinch,
er wieder am linken Ohr.
Diesmal erwischt er es richtig,
beißt ab.
Der ausgerufene Sieger
tastet sich ungläubig ans blutende Ohr.
Der Disqualifizierte
spuckt es aus,
das Stück war zäh
wie ein alter Tintenfisch.

CHINESISCHES ESSEN 2002

Die Herrschaften sind eingeladen
zu einem schönen Abendessen
bei ihrer Mieterin.
Die Gastgeberin, ihre chinesische Studentin,
ist sehr viel ordentlicher und sauberer
als erwartet.
Sie entspricht ihren Klischees,
sie ist klein und zierlich,
leicht gelbockerhäutig,
emsig bestrebt die Sprache zu lernen
und hat natürlich Probleme mit dem R.
Sie kommt aus Peking,
mit einem Stipendium für drei Jahre,
am Goethe Institut lernte sie Deutsch.
Das Ehepaar staunt
über das reichhaltige Menü,
wie konnte sie so ein Galadiner
in der kleinen Küche,
mit ihrem beschränkten Budget zaubern?
Es duftet köstlich und schmeckt auch so.
Ihr wurde der üppige Gewürzständer ausgeliehen,
Koriander und Safran
vorsichtshalber entfernt.
Erst zum Nachtisch fragt der Hausherr
nach dem Fleisch des Hauptgerichts.
»-und!« » Dog!«
Auf die verwunderten Blicke ihrer Vermieter
bellt sie erklärend und lacht,
bevor sie in die Küche geht,
um das Dessert zu holen.
Er half dem Nachbarjungen
noch vor vier Stunden
bei der Suche.

KOSTBAR 2003

Farmerboy
war ein recht seltsamer Freund,
aber gerade deshalb verstanden sie sich.
Sie redeten über völlig irre Dinge
mit einer Nüchternheit und Klarheit,
wie Professoren,
ganz ohne Teenagergekicher.
Farmerboy lebte
auf einem geerbten Aussiedlerhof,
völlig alleine,
das macht einen ein bisschen fertig.
Irgendwann dachte sein Freund,
Internet würde Farmerboy helfen.
Aber da suchen sich die Abgedrehten
nur Gleichgesinnte.
Farmerboy lud seinen Freund
zum Essen ein,
das Fleisch schmeckte süßlich,
und erst beim Nachtisch
verriet Farmerboy,
dass der Hauptgang
Georg hieß.
Sein Freund hat noch nie so gekotzt.
Farmerboy verstand nicht,
was daran falsch war.
Deshalb sperrte sein Freund ihn ein
und ließ ihn hungern.
Als es Zeit war,
schnitt er Farmerboy ein Bein ab
und gab's ihm mit Zwiebeln zum Fressen.
Manchmal muss es eben wehtun,
damit's einer kapiert.

ALRAUNEN 2004

Sie sitzt oft,
auch im Winter,
auf ihrem Balkon, raucht,
spricht mit den Blumenkästen.
Sie erzählt ihren Kindern
wie gut sie es haben,
im harten Torf,
nicht in dieser bösen Welt
aufwachsen zu müssen.
Nachts hört sie ihr Schreien.
Sie wacht auf braucht 'nen Schluck,
damit sie weiterschlafen kann,
oft die ganze Flasche.

MAMA SCHLÄFT 2005

Mama schläft
nebenan,
sie ist krank,
sagt Vater.
Ein Arzt?
Sie muss nur schlafen,
sagt Vater.
Was zu essen?
Sie hat genug,
sagt Vater.
Aber der Geruch?
Das bringt die Krankheit,
sagt Vater.
Darf ich zu ihr?
Sie braucht ihre Ruhe,
sagt Vater.
Erst nach langer Zeit,
nach dem Tod des Vaters,
ruft der Sohn
den Notarzt.

VOR DIE SÄUE 2006

Mitten beim Kartenspiel,
lachte noch, hustete,
kippte um.
Aus.
Mensch Erwin,
die Stütze reicht für nix,
mit deiner Rente
kamen wir grad so
über die Runden.
Jetzt krieg ich sogar
die Schulden weg.
Da lag er
mausetot.
Das hab ich mal gesehen,
dass die 'ne tote Maus
gefressen haben,
so kam mir die Idee.
Hast die Viecher doch immer
gern gehabt,
die mögen dich auch,
leider
nur stückchenweise.
Scheußlich,
das Sägen,
aber einer
muss es ja machen.

DAS GESELLENSTÜCK 2006

Er lehrte sie, wie man ein Schwein absticht.
Er lehrte sie, wie man das Blut auffängt.
Er lehrte sie, wie man ein Schwein zerteilt.
Er lehrte sie, wie man die Knochen trennt.
Er lehrte sie, wie man den Abfall beseitigt.
Sie wollte ihm Zuneigung beibringen.
Sie wollte ihm Zärtlichkeit zeigen.
Sie wollte ihn Liebe lehren.
Aber er wollte davon nichts wissen.
»Du wärst stolz auf mich gewesen«,
flüsterte sie,
als sie seine Teile
in die dunkle Donau warf.

BURNOUT 2007

Ach bitte kommt, ich kann nich mehr,
irgendwer vom Amt muss her.
Ick bring die Kleenen in den Hort,
denn Muttern is schon lange fort.
Ja ick bin es, der hier schuftet,
unsere Mutti is verduftet.
Waschen, putzen, kochen,
tu ich schon seit vielen Wochen.
Immer muss ick loofen,
um für uns wat enzukoofen.
Stromrechnung und die Miete,
was für Schreibkram, du liebe Güte.
Dann kam noch die Müllabfuhr,
das war für mich die Hölle pur.
Erledigt hab ich tausend Sachen,
dat is wirklich nich zum Lachen.
Mensch, ick bin doch auch erst zehn
und muss ständig nach dem Rechten sehn.
Haushalt und Kinder, dat kann quälen,
da kann ich ihnen wat erzählen.
Na, ich kann es fast verstehen,
wenn Mütter lieber tanzen gehen.
Unsere Mutter is wech Tag und Nacht,
jetzt hab ich schrecklich Angst,
dass die mir noch mehr Geschwister macht.

ARSCHBOMBE 2007

Sie trat ans große Becken
und er tickte völlig aus.
Sie ist wirklich übel fett
und das bekam sie von ihm ab,
er brachte nicht nur seine Kumpels
zum Lachen.
Aus ihren kleinen fettgepolsterten Augen
beobachtete sie ihn hasserfüllt.
Als sie sich hinter ihm
auf den Sprungturm zwängte,
gab's für ihn kein Halten mehr.
Auf dem Brett und sobald er auftauchte,
brüllte er seine Lästereien.

Nachdem er wiederbelebt
die Augen aufschlug,
mit einem gestauchten Halswirbel,
beugte sie sich über ihn:
Tut mir leid,
ich hab dich übersehen.
Seither hält er sich bei Dicken zurück
und zuckt immer zusammen
sobald sich ein Schatten
auf ihn wirft.

V Steffi Stitches

HALLO DU

Hallo Du,
wenige Worte,
aber heute Nacht
ist jedes davon zu viel.
Unsere Zungen gleiten,
unsere Lippen forschen,
sie geben keine Worte, nur Töne.
Die Finger bedürfen keiner Sprache.
In unseren Augen lesen wir Begierde.
Haut an Haut flüstert, singt, schreit.
Unser Verstand hat Feierabend,
unsere nackten, heißen Körper
zelebrieren diese Begegnung,
losgelöst von dieser Welt.
Erst am Morgen
küssen wir uns,
schmunzeln:
Hallo Du.

BUSCHFEUER

In mir
glüht es.
Komm zu mir,
bring mir dein Feuer.
Entfache mein Geschlecht
mit deiner Geschicklichkeit.
Lodern will ich von den Zehen
zu den Brustspitzen und weiter.
Wir werden beide brennen.
Schüre diese Flammen
mit deiner Fackel.
Inferno unserer Körper.
Auch wenn unsere Liebe
Morgen nur noch Asche ist.

LUSTOBJEKT

Ich hab eine Wohnung gekauft.
Schön für ihn.
Sie ist groß genug, mit Kinderzimmer.
Was will er nur?
Meine Frau will auch die Trennung.
Warum das denn?
Wir können nächsten Monat einziehen.
Wer *wir*?
Mein Gehalt reicht für die Alimente
und uns Beide.
Dreht er jetzt völlig durch?
Mit dir will ich alt werden.
Und Tschüß.

KI

KOITUS INTERRUPTUS
oder
KÜNSTLICHE INTELLIGENZ

Wir müssen vernünftig sein.
Es kann doch nichts passieren.
Du spinnst doch.
Du willst es doch auch?
Ach ich weiß nicht.
Nur ein bisschen.
Passt du auch wirklich auf?
Klar, ich hab das im Griff.
Mach aber was drüber.
Ach, nur kurz rein.
Wenn du kommst?
Ist er wieder draußen.
Nicht zu schnell.
Hilfst du mir?
So, aber sachte.
Tut's weh?
Nein, das ist schön.
Vorsicht.
Es ist gut so.
Aber.
Bleib.
Langsam.
Noch ein bisschen.
Hör auf.
Ja.
Stopp.
Gleich.
Oh Gott.
Was?

REINKARNATION
oder
WIEDERFLEISCHWERDUNG

Ich beziehe das Bett neu,
bereite alles vor,
bin jedes Mal aufgeregt wie einst,
oder aufgeregt wie noch nie?
Ich warte, ein Warten, das sich lohnt.
Wir reden nie viel,
über was sollten wir reden?
Wir genießen jeden Tag
als wär's der letzte:
Bis eine Nachbarin plaudert,
oder uns meine erwachsenen Kinder überraschen.
Mein Mann würde nichts bemerken,
selbst wenn ich Spuren übersähe,
die ich sonst nach Hausfrauenart tilge,
oder meine Freudenschreie
ihm entgegenhallen würden.
Ich roch ihren Duft sofort,
nach dieser plötzlichen Nachtschicht,
auf die noch viele folgten,
einschließlich den angeblichen
Seminaren und Weiterbildungen.
Was hab ich alles getan, um ihm zu gefallen,
bis zur Selbstaufgabe.
Wir küssen uns die Lippen wund
und dürsten noch immer.
Schon nach sechs Ehejahren
gestand er unverfroren
seinen Hang zu dicken Titten,
mit solchen Worten
schlägt er mich noch immer.

Er zeigt mir mit seinen Händen und Lippen
wie schön mein kleiner Busen ist,
sie rasten dort,
erschöpft vom Reigen.
Die Liebe zu ihm ist verkommen,
wir leben nur noch in der Pflicht.
Die Liebe zu ihm ist vollkommen,
wir leben diesen Traum
ineinander verschlungen,
so lange das Glück
unbegreiflich scheint.
Unbegreiflich,
dass allein mein Betrachten
ihn erregt.
Unbegreiflich,
dass er nicht müde wird
bei mir zu sein.
Mein Hunger und der in seinen Augen
gab mir den Mut,
als ich ihn berührte
erschraken wir,
wir wollten fliehen,
flohen zu einander und es geschah.
So geschieht es noch immer
wie nie zuvor.
Auch du Schwester,
lebe.
Was kann uns noch geschehen,
was sollten wir bereuen?

FLUSSHEXE

Ich warte,
mein rotes Haar weht in der Strömung.
Da kommt ein müder Wanderer.
Komm, trink von meiner Quelle,
sättige dich, entspanne dich, erhole dich.
Plansche, bade, tauch ein in mein Element,
das auch das deine werden soll.
Ich umhülle dich, umfasse dich,
eng umschlungen will ich dir mein Reich zeigen,
das allein dir gehören soll.
Vergiss deine harte Welt,
komm in meine sanfte, weiche,
die Kälte wirst du schon bald nicht mehr spüren.
Ein Kuss, der ist mir stets gewährt,
doch dann seid ihr auch schon begnügt
und ihr versucht mich wegzustoßen.
Den wildesten Geschichten der Wanderburschen
hab ich gelauscht.
Wonach keiner einem Mädchen
solche Wünsche ausschlug,
durch Gesang und Tanz trachtet ihr dem Weibe
nach dem Fleisch.
Meine Früchte biete ich euch reichlich,
warum nur küssen wenn ihr mehr bekommen könnt?
Wie oft spürte ich schon euren Aal,
doch wie ein Aal wollt ihr euch mir entwinden.
Die Wehr ist stets heftig und ungestüm,
aber bald schon fügt ihr euch.
Nach der anfänglichen Leidenschaft
seid ihr so enttäuschend schlaff und leblos.
Mir ist prophezeit,
dass einer kommt der mein wahrer Freier ist,
in der Umarmung werde ich ihn erkennen.

LASS MICH

Deine Nähe ekelt mich an.
Dein Geständnis
offenbart mir ihre Spuren:
Ihre Haare zwischen den deinen,
ihr Geruch zwischen dem deinen,
ihre Abdrücke überall an dir.
Dein Körper stinkt
nach Geilheit, nach Gier, nach Trieb.
Eine Nutte hätte nur deinen Körper
befickt, beleckt, befleckt.
Aber du warst zu lange
in Gedanken bei ihr,
zu lange abwesend bei mir,
zu lange an und in und mit ihr
glücklich.
Die Verräter:
Die vielen Überstunden,
das penibel gepflegte Äußere,
deine Teilnahmslosigkeit
und Unlust bei mir.
Deine Worte würgen mich,
tropfen, kleckern aus dir,
klebrig, glibberig, sämig
wie ein Speichelerguss.
Du windest dich, weigerst dich,
wagst die Schuld zu bezweifeln.
Sie bedrängen mich:
Diese Hände, die gestreichelt haben,
diese Finger, die berührt haben,
dieser Mund, der geküsst hat.
Regt es sich wieder?
Dein Glied? Du Glied! Du Mann!
LASS MICH!

ANWESEND

Er ist auf mir,
er ist in mir,
und doch ist er mir
weit entfernt.
Er schnauft und brummt,
grabscht meine Brüste
und stößt keuchend,
fast könnte ich darüber lachen.
Aber er schafft es
dass mein Körper auf- und überkocht,
etwas erreicht mich,
das doch mehr als Erregung ist
das müssen Orgasmen sein.
Er stöhnt auf,
verharrt im Moment
seines Schusses,
bald wird er sich umdrehen
und schnarchen.
Hat es sich gelohnt?
Sich dem da hinzugeben?
Mein Körper sagt ja,
da war doch etwas Besonderes.
Vielleicht werde ich beim Nächsten
verstehen
was mein Körper meint.

DER BEWOHNTE MANN

Wir liegen nebeneinander,
ich streichel ihn,
er schläft,
träumend von seiner Geliebten.
Er ist so weit weg
und all die Leidenschaft,
mit der er mich nahm,
gilt nach wie vor
nur der anderen.
Wie viel Sehnsucht treibt ihn um,
dass er meinem Körper
nicht widerstehen konnte,
dass er mich fast verschlang vor Gier?
Deshalb wird er auch nicht satt,
denn mein Körper ist nur Ersatz
für den Körper,
nach den ihn wirklich drängt.
Seine Arme halten mich
und halten doch nur meine Hülle,
Berührungen, die ihn
an Berührungen erinnern.
Sein Schlüssel passt,
doch nur bei der einen
öffnet sich
sein Herz.

UM DICH

Meine Welt dreht sich um Dich,
ein Strudel, der mich mit sich reißt,
ich Dein Satellit.
Um Dich, um Dich, um Dich.
Arbeit, Menschen, Leben,
nur noch Requisiten.
Wir, umeinander, aneinander, ineinander.
Mein Kopf, mein Herz, meine Seele
umschweben, umtanzen, umschwirren
Dich, Du Mittelpunkt.
Du Stern, du Sonne.
Du Zentrum des Lebens,
mein Herzschlag.
Um Dich
will ich leiden,
will ich träumen,
will ich atmen,
will ich sein,
um Dich.
Du Anfang und Ende.
Du Morgen und Abend.
Du Qual, Hoffnung
und Erfüllung.
Du Nabel der Welt.
Du Schoß der Zeit.
Du Mund aller Worte.
Du Antlitz aller Dinge.
Jeder Blick, jeder Hauch, jedes Tasten
will zu Dir.
Mein Hunger und Durst,
meine Vernunft, mein Streben, mein Sein.
Alles klingt, alles kreist,
um Dich.

LIEBESBLIND

Seit gestern Du nur Du,
Schlagerwürmer von Ohr zu Ohr,
rosa Brillen im Handgepäck.
Bin auf der Fahrt im rosa Cadillac
über die sieben Himmel.
Dein Augenlächeln scheucht Geigen auf,
macht mir die Knie weich, den Hals dick,
vom Quaken, Brabbeln, Stammeln.
Ein Rausch weht aus deinen Haaren.
Mit Magenspießen, Herzzangen,
brichst Du die Dämme aller Routine.
Bin Dein Mondsänger,
Lerchenbezwinger, Sommernachtsesel.
Surfe jede Woge deiner Worte,
wiege mich in deinen Armen
zur Sicherheit, zur Nacht.
Breche ein durch das Eis des Verstandes,
zu den Regenbogen deines Lachens.
Lass uns wie Bauchschmetterlinge
durch die Schlösser flattern,
aus Sand gebaut,
am endlosen Strand
deiner Nähe.
Bis uns der Lebensernst
mit plumpen Schritten
eingeholt hat.

DAS STERBENDE VÖGELCHEN

Fühlst du die Nacht,
den Trommelschlag meines Herzens?
Ich führe deine Hand,
führe du die meine,
komm näher.
Ich nehme mir, so viel ich will,
greif auch du zu,
wir entdecken,
spielen.
Hinten und vorne,
oben und unten.
Wir atmen laut.
Komm Haut an Haut,
komm nah ganz nah
mit deinen Lippen,
nimm mich zu dir.
Lass uns vermischen,
das Harte und das Weiche,
das Trockne und das Feuchte.
Bis aus meiner Kehle
wieder und wieder
das Trällern eines
sterbenden Vögelchens erklingt,
es stirbt
vor Glück.

SCHLANGENBESCHWÖRERIN

Du kannst nicht?
Komm
zu meinen
Lippen,
fühl dich wohl
in meinem Mund.
Hier bin ich heiß und feucht,
wie auch an anderer Stelle.
Meine Zunge streichelt dich.
Mein Rachen füllt sich
mit deiner wachsenden Härte.
Ich lutsche daran entlang,
schau auf zu dir,
beobachte,
wie es
dir gefällt.
Ich spüre
deine ganze Pracht,
nun bist du bereit.
Ich leg mich zurück,
führe dich hinein,
erfüll du nun
deinen Teil.

DER MORGEN DANACH

Sie trinken Kaffee,
schauen sich an,
grinsen.
Sie sind noch immer
sprachlos,
über das,
was drüben im Zimmer 069
heute Nacht
geschah.
Er schämt
sich ein bisschen.
Sie ist Ehefrau und Mutter
und er ein Zivi.
Ihm wird etwas bange,
er hat noch eine Woche
Nachtschicht mit ihr.
Nach der Übergabe
fährt sie ihn heim,
sie meint,
nach einer Entjungferung
gehört das zum Service.

KUCKUCKSKIND

Die Wehen setzten früh ein,
die Geburt verlief dafür
umso leichter.
Die letzten Gratulanten
gehen mit dem Ehemann
noch ein bisschen feiern.
Sie hört das Lachen ihres Gatten,
ihrer Kinder und der anderen
auf dem Parkplatz.
Stille kehrt ein,
Es klopft zögernd an der Tür,
er öffnet, tritt an ihr Bett.
Sie schauen sich kaum an.
Das Kleine beginnt zu schreien,
als wolle es ihn
mit ganzer Kraft begrüßen.
Er begehrt noch immer
diesen prallen Busen,
der angeschwollen ist
mit der Milch
für ihr Kind.
Während ihre Tochter nuckelt,
spricht sie aus,
was über Monate gereift ist.
Sie spricht ruhig und sachlich
wie eine Mutter,
die ihren Kindern Wichtiges erklärt.
Als sie endet,
nickt er nur und geht.
Es gibt keine Tränen,
nur klare Verhältnisse.

ENTLANG

entlang deiner Haut
entlang deinem Duft
entlang deiner Wärme
entlang deinen Haaren
entlang deinem Atmen
entlang deines Lachens
entlang deiner Worte
so will ich bleiben
entlang deiner
Lebenslinie

GUNST EINES MÄDCHENS

Sieh her, ich bin vollendet,
meine Felder stehen in voller Frucht.
Die Brüste, rund und fest,
sehnen sich nach der Hand des Pflückers.
Ihre Spitzen erhärten an deinem Hauch,
schon an einer Ahnung
deiner Gegenwart.
Geleite mich durch diesen Frühling,
verweile in meinen Wiesen,
ertaste die Weite meiner Haut.
Durchstreife mit deinen Lippen
meine blühenden Steppen.
Ich werde schaudern, zittern, beben.
Ich betrinke mich an deiner Lust.
Du erhitzt den Quell in meinem Schoß
und das Tierchen darin.
Wenn ich es streichle,
sprühen Funken,
entzündet sich mein Körper,
schüttelt mich aufkommender Sturm,
werde ich zu Gischt
in deiner Brandung.
Wenn du bei mir wärst,
mich in meinem Becken taufen würdest,
wie würde uns dieser Strudel mitreißen?
Sei bei mir in der Stille danach.
Schenke mir
diesen neuen
Morgen.

VERSCHLEIERT

Die Augen auf dem Weg
spür ich eure Blicke
oder eine schamlose Hand.
Ihr Ekelhaften giert mich an,
triebhaft wie Hunde oder Esel.
Unser Zauber soll es sein,
der euch behext,
doch ist es nur das Vieh
zwischen euren Beinen,
das euch knechtet.
Ihr ermächtigt euch über uns
mit heiligen Worten.
Urteilt über uns
aus eurem Kerker der Geilheit.
Wie Stark seid ihr
über das Schwache.
Wie Groß seid ihr
über das Kleine.
Meine Verachtung
ist so von euch eingeprügelt,
dass es fast schon Mitleid ist.
Ich geh gesenkten Blickes
an euch vorbei,
aber erhobenen Hauptes.
Denn eure Gedanken
sind wie der Schmutz der Straße,
wie Krankheiten im Trinkwasser.
Ihr predigt Keuschheit
und prasst im Hurenhaus.
Ihr sprecht euch fromm,
auch während ihr
die eignen Frauen schändet.

Ja, ich habe noch meinen Stolz
und deshalb bin ich schön,
ich freue mich,
dass ich verhüllt bin,
euren Blicken
nicht vergönnt.
Ja, ich bin wundervoll bemalt,
doch nicht für euch,
nur für den einen.
Meine makellose Haut
ist verdeckt
und nur der eine darf sie entblößen.
Der eine, der mich respektiert,
weil er mich mit ganzer Inbrunst liebt.
Der nicht nur meinen Leib begehrt,
sondern sich auch
an meinen Worten
betrinkt und bereichert
und mit mir euch auslacht.
Aber ich verschleiere mich,
meine Gedanken,
meine Worte,
in Demut und
Freundlichkeit
euch gegenüber.
Um die Wahrheit
zu ertragen,
müsstet ihr
richtige Männer sein.

VI Steve Stitches

STEVE STITCHES

braune
Augen, aber
allzu oft blauäugig
schwarzes Lockenhaar
als Tänzer wunderbar
Boxernase
Horrorfilmangsthase
nicht hoch und heilig
eher hoch und hager
Steilwandkletterwager
Hauptschüler
Legastheniker
Bücherwühler
Zivi Sani Taxifahrer
Packetaufbewahrer
war Getränkelieferant
Porzellanladenelefant
Mann vom Bau
Vater
Mann
einer Frau
Texteschreiber
Possenreißer
Zeitungslesendscheißer

Querfeldein Schwimmer und Läufer
Quer durchs Bankett Fresser und Säufer
Gassenpfeifer
Duschensänger
Suppenschlürfer
Fossilienschürfer
Spieler des Glücks
Spieler des Balls
Sprachbezwinger
Gitarrenschwinger
bodenständig
eigenhändig
sexuell aktiv
liebesintensiv
penibel
sensibel
ziemlich auf- und abgeklärt
und trotzdem viel zu
romantisch
für diese
Welt

GRAMMATIK

Bin ein lausiger Dilettant,
Legastheniker,
weil ich unter Schwaben
zur deutschen Sprache fand.
Ich stolpre und ich holpre
fast jeden zweiten Tag
und bekomm zur Hilfe
der Räte harten Schlag.
So rufe ich in meiner Not
aus diesem tiefen Schacht,
denn viele Worte bleiben finster,
dass manches Mädchen lacht.
So lachten auch schallend
Kerstin und die Doris,
als ich sie fragte
nach der Mehrzahl
von Klitoris.

SCHLAFENDER TIGER 8 J

Der alte Landser liegt im Schatten,
schnarcht den tiefen Schlaf der Satten.
So lag er schon in Afrika,
auch in Frankreich, Flandern, wo er war.
Er behütet seine fetten Birnen,
Wunschtraum in vielen Kinderhirnen.
Ich schleiche mich heran
an diesen bösen Grobian.
Gevatter, döse, döse,
träum weiter von deinem Kriegsgetöse.
Ich hol mir nur das saftige Obst,
das du so lautstark im Wirtshaus lobst.
Mit einem langen Stecken
will ich mich nach den Süßen strecken.
Mit Geschick und mit viel Mut
zupf ich mir eine von dem Ast.
Die fällt ihm auf den Veteranenhut.
Wer hat mir da eine verpasst?
Brüllt er in wacher Wut.
Ich renne um mein Leben.
Wart, Bürschchen, jetzt wird es was geben!
Er zieht und wirft die Handgranate.
Ich kann mich nicht mehr bücken,
so trifft's mich in den Rücken:
Sterb ich, so spielt für mich 'ne Bachkantate.
Doch was der Soldat a. D. da schmiss,
mich nicht zerfetzte und zerriss,
ich nahm sie mit in mein Versteck
und aß sie
bis auf den Butzen weg.

DER BÄR 12 J

Da liegt er in der Sonne,
thront über seiner Höhle.
Über ihm glänzen
die spitzen Wipfel der blanken Berge.
Sein Pelz noch feucht vom Bad.
Er genießt wohlig
die Sonnenstrahlen, die ihn streicheln.
Wie gerne würde auch ich ihn berühren
oder mit pochendem Herzen
und zitternden Fingern
seine Höhle erforschen.
Aber ich bleibe versteckt,
träume und warte,
bis der Bär sich erhebt
und in Slip und Sommerkleid
verschwunden ist.

ICH KANN NICHT TANZEN 15 J

Wie gerne würde ich
mit dir schöne Runden drehn,
ach wie gern würde ich
dich um mich wirbeln sehn.
Ob bei Tango oder Samba,
bei Fox oder Lambada,
dich in den Armen zu halten,
neue Schritte zu gestalten.
Tanzend die Stunden
und die Welt vergessen,
ach, ich würde tanzen wie besessen.
Auch Walzer oder Swing
aber zwischen uns steht dieses Ding.
Das sich dazwischen drängt
unsere Leidenschaft beschränkt.
Ob Jeans oder Samthosen,
es will immer nur posen.
Es hebt sein Köpfchen aus dem Schritt
und bringt mich völlig aus dem Tritt.
Nicht nur du fühlst dich gestört,
auch die anderen sind empört:
Ich kann nicht tanzen wegen ihm.

VORBEI 16 J

Das Sprungkissen ist aufgeblasen,
der Kommandant gibt den beiden
noch letzte Anweisungen.
Wir und die Feuerwehrleute
starren hoch
zum vierten Stock,
zu der Alten mit dem Kind,
dahinter Rauch und Flammen.
Während das Mädchen
heult und schreit,
ist die Oma
seltsam ruhig.
Sie küsst ihre Enkelin,
dann schwingt sie die Kleine
wie eine Bocciakugel über das Blau
des wogenden Kissens
und lässt los.
Ich verfolge nicht
den Fall des Mädchens,
gebannt haftet mein Blick
dort oben.
Großmutter wartet ab,
bis die Enkeltochter
sicher landet,
geborgen und
im Sanka versorgt wird.
Ich stehe wie erfroren
in der Menge der Gaffer,

ich
kenne sie.
Sie weiß, nun
hat das Schicksal
mit stählernem Griffel
ihren Schlussstrich gezogen.
Ihr Mann ist schon lange tot,
ihr Besitz vom Feuer vernichtet.
Eine Verletzung würde bestimmt nur
Krankenhaus, Pflegeheim bedeuten,
diesen Umweg will sie nicht gehen.
Sie streckt die Hand ins Leere
oder reicht sie dem Tod,
nimmt die letzte Kraft
ihres alten Leibes
und springt
vorbei,
vorbei.

DIE NIXE 17 J

Am Strand
sah ich sie.
Ihren Kopf,
und wenn eine Woge
sie rollte,
ihren nackten Körper.
Für mich Muschelsucher
schimmerte sie im Meer
wie Perlmutt.
Ihr Lachen hallte
mit den Möwen.
Mal stand sie mit
ausgebreiteten Armen
als weicher Wellenbrecher,
oder warf ihre pralle Masse
in das heranrollende Weiß.
Als die Flut mich vertrieb
tobte sie noch immer
ausgelassen wie eine
Meerjungfrau.
Wegen ihr
hatte ich
in der Nacht
einen feuchten Traum.

DIE DROGE 18 J

Wochenlang habe ich
an dich gedacht,
nicht an deine Worte,
nur an deinen Körper.
Ich lieb dich nicht.
Doch du glaubst mehr
meinen Küssen als den Worten
und lachst mich aus,
was mich erregt.
Du bist für mich nur Fleisch
und Lust und Wonne,
so nackt und dreist,
willst du wieder und wieder
genommen sein.
Gier, die uns beide bindet,
verschlingt, entmachtet,
uns den Verstand raubt.
Am Morgen speit der Trieb
mich wieder aus,
bin voller Galle,
bitterem Gewissen,
denn du kehrst zurück,
zum trockenen Schoß,
deiner idyllischen Familie.
Bis zu unserer nächsten Begegnung,
nach der
mein Körper
schon jetzt
verlangt.
Irgendwann
bringt es mich um,
ich meine er,
dein Ehemann.

HUNDEKUCHEN 19 J

Ich weiß, wo der Shit deponiert ist,
ich weiß, dass Sven nicht zu Hause ist,
ich weiß, wo der Schlüssel liegt,
aber ich habe nicht verbucht,
dass Sven Hundebesitzer ist.
Als ich auf dem Rasen lande,
kommt in sicherer Entfernung
der Mastino auf die Hinterbeine.
Meine Witterung in der Nase,
mich Eindringling im Visier.
Ich hatte schon ein paar Schlägereien,
aber ein Zweikampf
mit so einem Vieh,
da fehlt mir jegliche Erfahrung.
Wie ein kleiner drahtiger Boxer
kommt die Töle aus ihrer Ecke,
nimmt ordentlich Anlauf,
zu spät um abzuhauen.
Der Kampfhund hechelt auf mich los,
als wär ich ein Kaninchen
oder ein Steak oder so was.
Die Lefzen wedeln im Sprint,
die Zunge hängt zur Seite raus,
er grinst,
als würde er sich freuen,
wie ein Soldat,
der nach endlosen Manövern
endlich zum Einsatz kommt.
Ich bin gelähmt vor Angst,
das Monster wird mir jetzt
den Kopf abbeißen,
bin völlig unfähig zur Flucht,
schockgefroren durch Panik.

Die Bestie setzt an
und springt,
springt an mir vorbei,
klatscht gegen die Mauer,
tapst unbeholfen rückwärts
und macht so komische Geräusche.
Winselt er? Stöhnt er?
Nein, es ist wie ein Lachen,
ein heiseres, dünnes Bellen,
als würde der Köter
über seinen Patzer lachen.
Ich sprinte zur Tür,
schnell den Schlüssel und rein.
Während ich nach dem Stoff stöbere,
entdecke ich Lebkuchendosen,
randvoll mit Keksen,
Haschkeksen.
Killer,
so steht es draußen an der Hütte,
bekommt eine Extraportion.
Er würde mir sicher auch
aus der Hand fressen,
aber das las ich besser.
Er futtert und schlabbert,
schaut mir unbeteiligt nach,
als ich über die Mauer zurückklettere.
Während ich kräftig in die Pedale trete,
denke ich an Killer:
Das Zeug
macht auch wirklich jeden blöde.

DIE BIBLIOTHEKARIN 22 J

Ihr Gesicht ist stets
mit einem asiatischen Lächeln
geschmückt.
Sie ist so still
wie ihre Umgebung.
Mit wenigen
Worten und Gesten
zeigt sie mir das,
wonach ich suche.
Ich dachte,
ich Chaot
wär für sie
ein Tsunami
und sie für mich
ein Leichentuch.
Doch sie lässt sich
Zeit
und zwingt
auch mich dazu,
Dinge zu entdecken:
Gerüche, Geräusche,
Untergründe, Oberflächen,
Zärtlichkeit,
Sinnlichkeit
und Ruhe.
Morgens,
am Frühstückstisch
schmunzeln wir uns an,
wundern uns über die Rüge
ihrer Mitbewohnerin:
»Mensch, geht's auch
ein bisschen
leiser?«

WIE SAG ICH'S IHR 23 J

Es ist ja lieb gemeint
und sie müht sich redlich,
aber ich fühle mich mehr als
Übungs- wie als Lustobjekt.
Solche Angebote kann man
schlecht ablehnen,
wie Essenseinladungen
der Eltern.
Ich spüre ihre Zähne
und ich weiß,
sie macht's nur,
um mir eine Freude zu bereiten,
leider merkt man es ihr an.
Wenn er jetzt auch noch
schlapp macht,
hab ich zwei Probleme,
sextechnisch und
beziehungstechnisch.
Ich nehm sie hoch,
küsse sie,
das liegt ihr mehr.
Als sie vor Wonne
nur so zuckt,
weiß ich erleichtert,
ich muss ihr nichts erklären.

DIE HEXE 26 J

Morgens rauscht sie an mir vorbei,
ihr Rad könnte genauso gut ein Besen sein.
Alles an ihr ist schwarz und mystisch,
ihre Augen, ihre Haare, ihre Kleidung.
Auch die Lippen und der Kajal,
selbst ihr Fahrrad
ist schwarz.
Sie verhext mich.
Während ihr Rad gehorsam weiterrollt
und ihre langen, lockigen Haare
im Wind flattern,
schaut sie mich an,
mit ihren großen dunklen Augen,
die wie bei einer Pharaonin
umrandet sind.
Die ersten Begegnungen
schauten wir uns nur an,
danach grüßten wir uns,
bis ich sie einfach anquatschte
und sie bremste.
Wir unterhielten uns
über Gothik und Mystisches.
ihre Wohnung ist voll davon,
auch ein schwarzer Kater
streunt darin herum.
Jetzt liege ich unter ihr,
zwischen ihren Beinen,
sie stützt sich auf mich,
wir ziellos, rasend, atemlos.
Ein bisschen hab ich Angst,
als ihr neues Fahrrad
aufzuwachen.

ZWEI GRÜNDE FÜR DIE OPER 28 J

Verona, ich sitze im Kolosseum,
Aufführung von Verdis Nabucco.
Mit Oper hab ich's eigentlich nicht so,
stundenlang wird herumgejodelt,
aber hier herrscht prächtige Stimmung,
die Eis- und Getränkeverkäufer
animieren das Volk zum Singen,
ein riesiges Picknick
auf den kühlenden Steinquadern.
Langsam wird es dunkel,
die Instrumente werden eingestimmt,
die Klaqueure begrüßen frenetisch
die Gesangsvirtuosen.
Was für eine Ausstattung, diese Kostüme,
und die vielen Sänger und Statisten.
Mittendrin entdecke ich sie,
diese dralle Schönheit im Chor.
Ihr Busen drängt an den Stoff ihres
langen, wallenden, weißen Gewandes,
wie zwei Kinderköpfe,
die hinter einem dünnen Vorhang,
mit Begeisterung lauschen
und dabei hin und her schunkeln.
Draußen sehe ich sie zufällig wieder,
lade die Signora auf einen Drink ein.
Später im Zimmer
als der kräftige Muskel meiner Zunge
ihr den schönsten Gesang entlockt,
pochen die Vermieterin und
die ganze Meute an die Tür.
Diese Italiener,
sind eben doch nur Kunstbanausen.

KULTURELLE DIFFERENZEN 30 J

Warum stößt du mich zurück?
Waren deine Worte nur Lügen?
Sagtest du nicht ständig,
du begehrst mich?
Wegen deiner Freundin?
Du brauchst dich doch wegen mir
nicht von ihr zu trennen,
ich will dich nicht
als Lebenspartner.
Du sehnst dich nach mir
und ich komme zu dir,
was ist daran so falsch?
Du teilst mir mit,
dass deine Freundin mich hasst,
aber sie kennt mich doch gar nicht?
Worauf ist sie so wütend?
Ihr Europäer seid so merkwürdig.
Ich will doch nur mit dir schlafen,
das ist doch ganz natürlich.

ALTER MANN AN DER BETTKANTE 32 J

Endlich bin ich bei ihm,
bevor es zu spät ist.
Seine müden Augen,
morphiumumnebelt,
erahnen mich.
Ich erzähle ihm von zu Hause,
von der Familie, aus der Zeitung.
Sein Geist durchschwingt
unberührt den Raum,
über sein Bett, den Nachttisch,
mich und das Tischchen hinweg,
aus dem Fenster, zurück,
seinen letzten Erinnerungsfetzen
hinterher.
Die Windel hat er vergessen,
der Schmerz ist
zur Erträglichkeit gedämpft.
Er spürt meine Hand,
ein angenehmer Wind
spielt mit den Gardinen.
Frieden, sein Frieden,
streichelt das kahle Haupt.
Er scheint zu lächeln,
oder ist es nur
ein zuversichtlicher Blick hinüber?
Bis sein schwerer Atem aussetzt,
sein Blick stumpf wird
und, nach einer Weile,
eine Fliege ungestört
über sein Gesicht
wandert.

IMPOTENT? 36 J

Urlaub, Meer, Strand,
jede Menge nacktes Fleisch,
die schönsten Körper Europas.
Hier seh ich sie,
beeindruckend
wie aus Herrenmagazinen,
pur und direkt.
Sie sind wunderbar und interessant,
manchmal komme ich ihnen so nah
dass ich sogar ihre Sonnencremes rieche,
aber in und an mir
regt sich nichts.
Wie brannte ich als Teenager
bei solchem Anblick.
Und nun? Erloschen?
Am Abend beschwör ich
die alte Magie,
lach mir eine Signorina an.
Wir flirten,
es funkt,
es beginnt zu flimmern.
In ihren Augen ein Flackern.
Zärtliche Berührungen
entfachen sie,
ich flambiere sie
mit Küssen.
Die Fahne ist gehisst,
wir segeln im Sturm,
alle Sorgen vergessen,
auch die eine.

CLINCH MIT GOTT 36 J

Hotelzimmer mit Meerblick,
die Sterne und Fischerboote
drängen auf Romantik.
Ich sitze verkrampft auf der Bettkante,
während sich hinter mir,
nackt und jung,
die pure Lust räkelt.
Magen und Darm inszenieren
Gut gegen Böse.
Anstatt aufs Bett zu hopsen
und einen feuchten Traum
wahr werden zu lassen,
treibt's mich auf die Schüssel.
So schnell werd ich da
nicht mehr runterkommen.
Oh, mein Gedärm hat 'ne wüste Keilerei,
während mein After
Fischsuppe kotzt.
Wir waren oben auf dem Hügel
bei der Kapelle zum heiligen Petrus,
Schutzpatron der Fischer.
Ich habe ihr die Kerzen gezahlt,
fromme Miene gemacht
und ein Fußballlied gesungen,
das ich ihr als Choral verkaufte.
Bei ihr hat's gewirkt,
dafür hat mir der Alte
in die Suppe gespuckt.
Ach lieber Gott,
sie hätte dir auf Knien gedankt,
für einen grundsoliden Fick.

NAHTODERLEBNIS 38 J

Steige aus meinem Körper,
schwebe über dem Bett,
seh aus der Vogelperspektive
uns beide.
Sie immer noch
im wilden Ritt,
hat nichts bemerkt.
Wie ein Sog zieht es mich
in eine Röhre aus Licht,
in einen Tunnel aus
wärmenden Sonnenstrahlen.
An dessen Ende jemand,
eine Lichtgestalt,
auf mich wartet.
Jetzt begreife ich,
jetzt muss ich mich entscheiden,
vor oder zurück?
Es ist so schön hier,
so friedlich, so geborgen,
wie in einer warmen
schwerelosen Fruchtblase.
Aber das kann ich
meinem Mädchen nicht antun,
so ein toter Schwanz
kann schlimme Traumata
verursachen.

VERLOREN 39 J

verloren jedes Zeitgefühl
verloren meine Blicke
verloren jegliches Kalkül
verloren meine Schritte
verloren mein Gehör
verloren meine Gedanken
verzeih wenn ich dich empör
weis mich in meine Schranken
von deinen Augen, Nase, Lippen
war ich so fasziniert
vergessen waren Müll und die Kippen
und was du sagtest
hab ich einfach nicht kapiert